cot Limojon de S. Didier

LE VOYAGE DU PARNASSE.

..... Ridiculum acri
Fortius ac melius magnas plerumque
ſecat res. Horat. Sat. X. Lib. I.

A ROTTERDAM,
Chez FRISTCH & BOHM, Libraires.

M. DCC. XVI.

AVERTISSEMENT.

J'Avois commencé cet Ouvrage, quand j'appris que Madle. Dacier songeoit à donner son Livre Des causes de la corruption du goût : *je suspendis mon entreprise, persuadé que cette Sçavante Femme ne laisseroit rien à dire. En effet, je vis avec plaisir, qu'elle avoit traité cette matiere avec toute l'erudition & la solidité dont elle est seule capable : mais comme j'avois suivi une route fort differente ; je repris ma tâche dans l'esperance que le Public me sçauroit quelque gré de mon zele pour la bonne cause, & qu'il daigneroit jetter un regard favorable sur cette espece de petit Poëme en prose meslée de vers, que j'ai tâché de diversifier de cette sorte, afin qu'il pût subsister indépendamment de la querelle que je n'ai fait qu'éfleurer. D'ailleurs s'agissant du* Voyage du Parnasse, *j'ay crû qu'on ne trouveroit pas mauvais que j'y inserasse au moins une piece de presque tous les genres de Poësie.*

Je prie mes Lecteurs de vouloir entrer dans la fiction de ce petit Poëme : la Fable est un vaste Païs, où il est permis de faire tous les jours des découvertes, pourvû qu'on n'ajoute pas dans un systême Poëtique, de nouvelles idées, qui détruisent celles qui y sont déja reçûes. Les Espagnols & les Italiens ont fait, en quelque maniere, un Parnasse pour eux : pourquoi n'en ferions-nous pas un pour nous ? J'ai encore cherché à rendre mon alle-

gorie aussi simple & aussi unie que je l'ai pû, afin de mettre plus aisément devant les yeux de mes Lecteurs, ce qui se passe journellement à Paris, & d'avoir occasion de dire mot des beaux Arts, qui étant tous du ressort d'Apollon, doivent se trouver au Parnasse.

LE VOYAGE DU PARNASSE.

LIVRE PREMIER.

N'IRAI-je jamais au Parnasse ?
Ne verrai-je jamais ce Mont ?
Où Pindare, Virgile, Horace
De lauriers se ceignent le front :
Muses, contentez mon envie,
Chastes Nymphes, exaucez-moi ;
Déja ma priere est oüie,
Calliope vient, je la voy.

Elle m'aborde avec un air gracieux, & m'adresse la parole en ces termes : Je t'amene le Coursier aislé des Poëtes, pour satisfaire le desir que tu as de voir le Parnasse ; je ne puis t'y conduire moi-même, Apollon m'a chargée de mille choses qui regardent la Republique des Lettres, & qui ne se peuvent differer : je me persuade que tu as assez de force & d'adresse pour monter Pegase ; je dois pourtant t'avertir qu'il est dangereux de trop s'y fier : il fait voir souvent plus de pays qu'on ne voudroit ; ombrageux & farouche il sent fort bien qui le monte, & il n'y a bonds ni secousses qu'il ne mette en usage pour se dérober de dessous son homme. Peu sont à l'abri de ce malheur, je serois bien fâchée de te voir éprouver un pareil sort. Rien n'est plus triste que d'être exposé à la risée de la Nation Poëtique : il y a des chemins plus longs, mais plus sûrs.... Elle auroit continué ses avis, si trop plein de mon dessein, je ne m'étois jetté sur Pegase, qui ne fit aucune resistance, en presence de la Muse qui me protegeoit.

Me voila sur son dos agile,
Nous partons, & d'un vol facile
Il prend son chemin dans les airs ;
J'entrevois cent perils divers.
La Muse me montrant ma route,
Me suit de la voix & des yeux :
Arrête, me dit-elle, écoute,
Fui loin des Volcans odieux
Dont l'aspect te seroit funeste,
Evite l'Etna que deteste
Tout ce qui vole sous les Cieux ;
Fui Scille & Caribde aboyantes
Au pied d'un effrayant rocher ;
Aux cris de leurs gueules beantes
Pegase peut s'éfaroucher.
Passe à Corfou, pren vers Corinthe ;
Moi cependant je vais sans crainte,
Porté sur le Cheval aislé,
Après avoir long-temps volé,

Pegase

Pegase apperçut le Parnasse :
Soudain ranimant son audace,
Sous moi par trois fois il bondit,
Il hannit, il battit des aisles ;
Et sur le Mont des neuf Pucelles
Plus leger qu'un trait il fondit.

Satisfait de l'heureux commencement de mon voyage, je témoignai ma reconnoissance à Pegase en le flattant avec la main, & lui libre de sa charge, prit l'essort, & alla repaître au plus haut de la Montagne.

Je fus aussi tôt abordé par un vieillard & par un jeune homme, qui étonnez de la docilité de Pegase à mon égard, furent curieux de sçavoir qui j'étois : je les satisfis, & je leur dis, que quoique je ne fusse pas Poëte, j'avois cependant toûjours eu un desir extrême de voir les beaux lieux où j'arrivois. Ils s'offrirent de me conduire, & de me montrer toutes les curiositez du Pays.

Le jeune homme avoit une figure assez prévenante & des manieres agréables : il se nommoit Cliton. Le vieillard d'une taille & d'une mine avantageuse, étoit sec & bazané : il avoit le dessus de la tête chauve, & le peu de cheveux blancs qui lui restoient, lui couvroient à peine les oreilles : il étoit assez mal en ordre, comme le sont la plûpart des Sçavans ; mais il relevoit cet extérieur négligé par un air de gravité. Il s'appelloit Crantor, il étoit grand Partisan des Anciens, aussi-bien que Cliton, ce qui ne contribuoit pas peu à entretenir leur amitié. Je suis Poëte de profession, me dit il, & depuis mon bas âge j'habite sous ces lauriers où j'ai acquis quelque reputation. Pour vous, ajoûta-t-il, je ne doute point que vous n'y fassiez des progrez, la maniere dont vous y avez été porté le fait augurer: on à vû peu de personnes faire ce voyage aussi vîte & aussi heureusement que vous l'avez fait. Il y a bien plus de fatigues à essuyer pour venir au Parnasse, qu'il ne vous en a coûté; car sans parler des François, Miguel Cervantes parmi les Espagnols, le Caporal & le Bocalin parmi les Italiens n'en ont pas été quittes à si bon marché, sur tout le Caporal qui fut obligé d'acheter une mule, qui le porta bien moins qu'il ne la traîna luimême par mer & par terre.

C'est à Calliope, lui dis-je, que j'ai cette obligation; mais malgré toutes ses bontez, je n'ai pas la temerité de me croire Poëte. Vous êtes, me répondit-il, sur le Pinde, ignorez-vous que l'air qu'on y respire, nous rend Poëtes? Tout le monde versifie ici à la verité, interrompit Cliton, mais tout le monde n'y versifie pas comme il faut. Suffit-il de venir dans ces lieux pour avoir droit de se dire Poëte? Il faut être admis dans la Compagnie des Muses, & boire à la source de nos fontaines, ce qui n'est pas aisé. Les Muses en font garder les bords par des Genies, qui en écartent avec soin tous ceux qu'ils reconnoissent peu dignes d'en approcher. Il arrive même souvent qu'Apollon & les Muses repoussant ces malheureux, ils tombent du haut en bas de la Montagne. Blessez qu'ils sont une fois, ils ne guérissent jamais, & ils sont travaillez toute leur vie, non pas d'une fureur divine, ce qui ne peut tomber que dans une ame genereuse, & élevée au-dessus du vulgaire; mais d'une frenésie & d'une démangeaison insuportable de faire incessamment de méchans Vers.

Pour commencer, me dit Crantor, à vous donner une entiere connoissance de ce Pays, & de ses habitans, je ne crois pas qu'il soit necessaire de vous apprendre que le Parnasse a deux sommets, dont l'un est appellé Cyrrhe & l'autre Nise, au haut desquels peu de personnes ont le bonheur de monter: que l'espace qui separe le Parnasse d'avec le Mont Helicon, qui est vis-à-vis de nous, est le sacré Vallon, au milieu duquel coule le Fleuve du Permesse. Vous sçaviez cela sans doute; mais ce que vous ne sçavez peut être pas, c'est que les environs de ces lieux ont bien changé de face depuis quelque temps, on est surpris d'y voir des personnes qui ne sont guéres moins étonnées elles-mêmes de s'y trouver. Outre les fameux aziles élevez par le Protecteur des

Muſes, & conſacrez à l'Emulation & à la Gloire, on voit beaucoup de Maiſons de plaiſance, que d'illuſtres Mecenés ont fait conſtruire ſur les bords rians du Permeſſe : on en trouve encore pluſieurs autres bâties, autour du Marais qui eſt à quelques pas de l'Helicon, des gens dont le luxe extravagant ſemble témoigner qu'ils ſont embarraſſez de leurs biens immenſes, ont crû ſe donner par une fauſſe imitation quelque relief dans le monde Litteraire, & ces reduits ſervent à heberger la plûpart des nouveaux Habitans de ces lieux. Il eſt même arrivé depuis que le caffé eſt devenu une boiſſon des gens de Lettres, que des Caffetiers de Paris ſont venus icy lever boutique, & ſe ſont logez dans des grottes qui ſe trouvent au pied de l'Helicon du coſté du Marais dont je viens de vous parler.

Ces endroits ſont fort frequentez par ceux qui vivant ſans ambition, ne cherchent qu'à s'amuſer, ſans ſe mettre beaucoup en peine de cueillir des lauriers. On ne laiſſe pas d'en voir parmi ce nombre, qui un peu plus ambitieux que les autres, cherchent à s'élever, mais c'eſt preſque toujours inutilement. Il y a des ſentiers, qui à la fauſſe lueur des ardans dont ils ſont remplis, au lieu de vous faire parvenir au ſommet de la montagne vous égarent & vous conduiſent au bord de divers précipices, où pouſſé par un eſprit de vertige, on tombe au moindre faux pas. Il arrive même souvent, que croyant monter, on descend imperceptiblement par les grands circuits qu'on est obligé de faire, & on se trouve plus bas que de l'endroit dont on étoit parti : ce qui arrive faute de connoître le chemin & d'avoir de bons guides. Il y a des routes difficiles, mais seures, qui vont les unes au haut de Cyrhe, où l'on est couronné de lauriers, & les autres au haut de Nize, où on l'est de lierre ; le myrthe y croît un peu plus bas. De là on va remercier Apollon & les Muses, qui vous introduisent dans le Temple de memoire, élevé entre les deux sommets.

Ce qui sert grandement à distinguer ces chemins, c'est d'avoir conversé avec les grands hommes qui les ont souvent pratiquez. Ils ne dédaignent pas de descendre du rang élevé où ils sont placez, & de se familiariser avec nous ; mais il y a eu de tout tems, & aujourd'hui plus que jamais, des esprits orgueilleux & pleins d'eux-mêmes, qui ne voulant rien devoir aux autres, & pensant être assez riches de leur propre fond, cherchent à se distinguer, en suivant les faux sentiers dont j'ai parlé. Ces temeraires ont plus d'audace que de force ; & n'étant pas instruits comme ils devroient l'être, ils marchent en aveugles, & font des chûtes qui les deshonnorent,

En effet, ajoûta Cliton, nous avons toûjours vû que les Auteurs les plus mediocres ont été les plus présomptueux, & que l'envi qui les devore, les fait élever contre ce qu'i y a de plus respectable dans l'Empire de Lettres. Incapables de produire rien de grand ils voudroient que tout fût fardé & petit comme leurs Ouvrages ; & c'est dans cette vû qu'ils se récrient si fort contre les Anciens pour pouvoir déprimer, en abaissant ces grand Maîtres, leurs dignes disciples d'entre l Modernes.

La dispute qui sembloit avoir expiré ave Perrault, se renouvelle plus que jamais ; bien que la question ait été décidée à l'avantage des Anciens, ils n'ont pas laissé de la réveiller de toute leur force, dans la pensé que personne n'étoit plus en état de leur faire tête.

Ils se trompent, s'écria Crantor, ils s trompent, nous devons faire à la France la justice de croire qu'il y a encore assez de bon goût chez elle pour triompher d'une si ridicule opinion : les Lettres y ont encore de puissans défenseurs. Le Livre nouveau [a] que nous lûmes dernierement Cliton & moi, en est une illustre preuve, il suffira seul pour reparer notre honneur auprès des

a *Des causes de la corruption du goût, par Mad. Dacier.*

Nations

Nations étrangeres, qui ſcandaliſées de certains Ouvrages, nous regardoient déja comme déchûs de cette perfection à laquelle nous avions ſçû nous élever.

Voyez-vous là bas ce cercle d'hommes & de quelques femmes, qui paroiſſent leur donner la loy. Ce ſont-là des plus zelez Partiſans des Modernes, qui conſultent enſemble des moyens d'étendre leur ſecte. Je ne m'étonne pas, lui dis-je en riant, de voir des femmes du parti des Modernes; mais ce ne ſont pas aparemment des Scuderis, des Deshoulieres ni des Daciers. L'eſpece en eſt rare, repartit Cliton, & pour le malheur de cette contrée, il n'en manque pas d'autres; car ſans parler des femmes qui ſe mêlent elles-mêmes de faire de méchans Vers, ou de prêter leurs noms à des Poëtes nouvellement éclos, on en voit encore de celles qui s'érigeant en beaux eſprits, décident hardiment de la beauté des Ouvrages. Vous ne ſçauriez croire combien on s'en raporte à leur ſentiment. Les Vers ne ſont bons qu'autant qu'ils leur plaiſent. Un Auteur ne peut entrer dans le monde ſans leur aprobation. Cela, à dire vrai, va un peu au détriment de la Poëſie; mais les Poëtes y trouvent leur compte. Elles ont des tables qui les dédommagent de tems en tems de leur complaiſance, ils trafiquent ainſi d'Oeuvres inſipides pour de bons repas. Je ne ſçay qui

eſt

est le plus lezé dans ce commerce. D'ailleurs, les Auteurs les plus mediocres sont assûrez par le moyen de pareilles cabales, d'excroquer de la reputation. Aprochons, vous verrez de vos propres yeux ce que je vous dis. Nous saluâmes la compagnie qui nous reçut fort civilement. Ayant pris nos places sur l'herbe, je jettay les yeux sur ces femmes, leur air de précieuses me frapa moins que la bizarrerie de leurs coëffures, & les placards de vermillon dont elles s'étoient enluminées. Cette vaine decoration ne put me cacher leur âge. Apollon me confonde, me dit tout bas, Crantor, si ces femmes

> Ne ressemblent à la Sibille
> Dont il est parlé dans Virgile.

Après un moment de silence, une de ces demi-Sçavantes nous adressa la parole de la sorte : Nous en étions, Messieurs, sur le stile des Auteurs d'aujourd'hui ; il faut avoüer la verité, ils ont bien rencheri sur ceux du siecle dernier, & nous leur avons de grandes obligations. Ils ont tant fait par leurs veilles, qu'ils ont élevé notre langue à ce point de maturité où elle n'avoit pû encore atteindre : Ils l'ont enfin fixée par les divins Ouvrages qu'ils ne cessent de nous donner, on n'a jamais tant fait de Livres.... Ni de si mauvais, interrompit Crantor, & notre langue que vous dites être arrivée à sa perfection

ction. déchéoit tous les jours par la fausse delicatesse, & par le goût bizarre de la plûpart de nos Auteurs modernes, qui cherchant à dire des choses nouvelles & extraordinaires, s'écartent de la maniere de penser de s'exprimer des autres, & donnent dans le précieux. Qu'on lise nos bons Ecrivains, on trouvera un stile bien différent. L'enigmatique précision, & l'affectation ridicule de termes trop recherchez qui regnent dans les écrits d'aujourd'hui, ne peuvent qu'affadir & défigurer le stile, & en même tems rendre la langue foible & effeminée, de mâle & de vigoureuse qu'elle étoit. Le grand défaut de nôtre siecle est de vouloir avoir trop d'esprit. Nos François vifs & changeans se dégoûtent d'abord de tout, & leur inconstance naturelle leur fait abandonner le bon comme le mauvais, avec la même facilité. Ils veulent en toutes choses de la nouveauté. Il est dangereux en matiere d'ouvrages d'esprit, de s'écarter de ce noble milieu, & de cette précieuse simplicité qu'ont suivie les plus sages d'entre les modernes, en marchant sur les traces des fameux Auteurs Grecs & Latins, Platon, Demosthene, Ciceron, Homere, Sophocle, Euripide, Virgile, Horace: tous ces grands Hommes n'ont point fait une vaine parade de leur esprit, il y a bien plus d'art à le cacher qu'à le faire paroître. La finesse est

eſt d'entrer dans le caractere du ſujet qu'on traite, & de ne s'en point éloigner, pour étaler de faux brillans, qui ne ſçauroient manquer de rendre froid & petit, ce qui pourroit être grand & pathetique. La ſterilité de nos Auteurs qui veulent ſe diſtinguer, quoiqu'il en coûte, eſt la cauſe de ce deſordre. Ils font de mauvais Livres : les jeunes gens croyent pour l'honneur de leur tems, être obligez de les trouver beaux, & ſe laiſſent ſeduire par les pointes dont ces Ouvrages ſont ſemez. Les gens de goût en gemiſſent tout bas, & ſe tiennent en garde contre l'impetuoſité du torrent, qui a cependant moins inondé le Royaume de l'éloquence, que celui de la Poëſie. La Chaire & le Barreau ont des Orateurs, qui non-ſeulement ſe ſont garantis de la contagion, mais qui ſeroient capables par leurs lumieres de diſſiper entierement les tenebres où nous allons être inceſſamment replongez. Car c'eſt du Parnaſſe où nous ſommes, que découvrant tout ce qui ſe paſſe ailleurs dans la Republique des Lettres, nous jugeons du merite des Orateurs & des Poëtes. Il arrive parmi nous, dit Cliton, ce qui arriva chez les Latins, après que les Virgiles, les Cicerons, les Horaces, les Tite-Lives, eurent diſparu, les Auteurs mediocres corrompirent le goût & le ſtile. A les en croire, ils étoient les ſeuls bons, les ſeuls excellens ; & tout ce qui avoit été admiré jusqu'alors, n'aprochoit pas de cette jolie maniere dont ils tournoient mille petits sentimens. Nous méprisons ordinairement ce qui est au-dessus de notre portée.

Le grand nombre de nos Ecrivains, reprit Crantor, n'use plus que de tours recherchez, que de locutions guindées : ce ne sont plus que de grands mots qui ne signifient rien, ce ne sont qu'antitheses pueriles..... Ah ! de grace, pardonnez à l'antithese, dit notre demi-Sçavante, rien ne plaît tant qu'une antithese delicatement ménagée. C'est le sel d'un Ouvrage, & il ne sçauroit être bon qu'autant qu'il en est assaisonné, Je n'ay jamais rien lû à ce sujet avec plus de plaisir, que l'Oraison Funebre d'un de nos Princes. *Je fus* tellement *affectée* [a] de l'endroit que je vas vous dire, que je ne pûs m'empêcher de le retenir. Après une foule d'antitheses, toutes plus belles les unes que les autres, l'Orateur les finit, ou pour mieux dire, il les couronne par celle-ci. *Cette delicatesse de conscience que vous blâmiez en lui, étoit ou l'erreur de vos jugemens, ou le fruit de vos excez, sa perfection s'élevoit sur vos ruines, & par une conduite de la Providence qui fait tout servir à ses Elûs, il se sanctifioit par vos vices, & vous vous perdiez par ses vertus.* Ah,

a *Termes pris de la Lettre à M. *** sur l'Iliade de M. de la M par l'Abbé de Pons, à Paris chez Laurent Seneuze 1714.*

s'écrie

s'écria la Compagnie, la charmante antithese ! Elle contient mille belles choses ! *Il se sanctifioit par vos vices, & vous vous perdiez par ses vertus.* Voila, dit une de ces Dames, ce qu'on apelle penser. On *n'aprécie* [a] pas assez des esprits aussi relevez : *Pour* [b] *moi chez qui la passion ne s'empare jamais des droits du goût & de la raison, je* [b] *crois qu'il est de notre devoir, de dire toûjours à ses perils ce qu'on pense à l'avantage des autres* ; & de leur [c] *accorder, en se livrant aux plaisirs qu'ils nous font, un ample & sincere tribut de loüanges.* On ne comprend pas bien dabord, dit Cliton d'un ton railleur, tout ce que l'Orateur a voulu dire ; mais cela ne laisse pas d'être fort éloquent. Sans doute, reprit notre demi-sçavante, de même que ces endroits d'une Harangue du même Auteur. Il la commence ainsi : *Si l'hommage que nous rendons à V. A. R. est le fruit de notre douleur, il est aussi la source de notre consolation.* Il ajoûte, en parlant au Prince, *de son merite éclatant, qui assure son autorité sur nos cœurs.* Et *il ne manque aucune douceur à la necessité de notre obéïssance.* Remarquez comme cela est tourné, *aucune douceur à la necessité de l'obéïssance, Un hommage qui est le fruit de la*

a *Mot que M. de la M. employe par tout.*

bb *Phrases de la Lettre à M*** sur l'Iliade de M. de la M. par M. l'Abbé de Pons, pages 7. & 30.*

c *Phrase à la mode.*

douleur

douleur & la source de la consolation. Peut-on rien imaginer de si joli ? Ecoutez encore cette belle Periode, où il a rassemblé plus de sens que de paroles. On ne sçauroit mieux s'exprimer, pour remontrer les besoins d'une Province : *Notre plus grande abondance est même trop rare pour nous être utile, & de sages précautions qui nous empêchent d'en chercher le prix en d'autres climats, s'opposent à notre opulence, pour prévenir notre disette.* Grand Dieu, quel galimathias, s'écria brusquement Crantor, voila justement comme nos Ecrivains se rendent obscurs & mysterieux, pour ne vouloir pas penser naturellement. La Dame qui n'étoit point accoûtumée à être contredite, fut fort decontenancée, aussi bien que les deux hommes qu'elle avoit à ses côtez. L'un encore galant & douceureux jusqu'à la fadeur, cachoit une figure décharnée sous une petite perruque blonde, & sous un manteau non moins sec & antique que lui : Froid compilateur d'une histoire respectable : il s'apeloit Gliceron. L'autre petit & aussi vieux, ployoit son corps usé & cacochisme, sous un manteau fort noir : il couvroit une partie des rides de son visage jadis mignon, d'une perruque blonde & bien arrangée : il portoit un chapeau toûjours luisant, & son petit collet (pour me servir de son stile) étoit aussi empeté que ses discours : on le nommoit Cotinet.

Ces

Ces deux Messieurs étoient les deux encenseurs de la Dame & ses parasites ordinaires. Je ne m'informay point du nom des autres ; aussi bien ils ne parlerent pas durant toute la conversation, & ils se contenterent d'écouter & d'aplaudir des yeux & du geste à tout ce que ceux de leur compagnie disoient de bien ou de mal. Cotinet ayant aproché sa lorgnette pour mieux voir Crantor, qui étoit assis assez loin de lui, se mit en devoir de lui répondre : Mais Crantor qui se vit lorgner, prenant cela pour une injure, ne lui donna pas le tems de parler ; & d'un ton aigre & enroüé, se prit à declamer les Vers suivans.

Dans de si sçavantes choses
L'Auteur je crois s'entend bien,
Pour nous ce sont lettres closes
Où nous ne comprenons rien.
Sçait-on quel esprit l'anime
Peut être a-t-il pretendu
Dans une œuvre si sublime
De n'être point entendu.
Je veux vous conter l'histoire
D'obtus Galimatias,
Je l'ai lûë en un Grimoire
Qu'avoient épargné les Rats,
Son origine fameuse
Tient de celle des Heros,
La Chronique fabuleuse
Le fait le fils du Cahos.
Ce qu'on croit de veritable
Et dont je ne doute pas,
C'est qu'en un trouble éfroyable,

Nâquit

Naquit Galimatias.
Voici comme on le raconte;
Quand Babel s'agrandissoit
Et s'élevoit à la honte
Du Roy qui la batissoit.
Soudain pour se faire entendre,
On se parla vainement:
Comment pouvoir se comprendre?
Tous parloient diversement.
De leur orgueil temeraire,
Confusion engendra
Langage extraordinaire
Qui par l'Univers erra.
Les premiers qui l'accueillirent
Furent estimez sçavans.
Les esprits qui se polirent,
Le laisserent aux Pedans.
Plein d'une vaine science
Et de lui même entêté,
Il marche avec arrogance
Sur des échasses monté.
Sa memoire embarrassée
A son esprit offusqué,
Et dans sa tête blessée
Le bon sens est suffoqué.
Près de la nuit sans égale
De ses discours affectez,
Le Talmud & la Cabale
Brillent de mille clartez.
Il faudroit vingt commentaires
Pour expliquer chaque mot:
C'est par ces confus misteres
Qu'il charme le Peuple sot.

Toute la Compagnie se regarda, & personne ne voulant prendre pour soy les Vers qu'on venoit de reciter, Glyceron ni Cotinet n'eurent garde de les relever.

Une autre de ces Femmes voulant interrompre la conversation, & croyant faire diversion : Laissons-là, dit-elle, l'éloquence & parlons un peu de la Poësie. Vous ne sçauriez, Messieurs, sans injustice donner la preference aux anciens Poëtes, sur ceux qui brillent aujourd'hui ; car sans parler des autres genres de Poësie, a-t-on jamais fait de si belles Odes ? Je vous défie d'y trouver à redire. Ce n'est pas l'esprit qui y manque, & pour le naturel elles en ont tant, qu'il semble le plus souvent qu'on lit de la prose. Cela est vrai, dit Cliton, ces Messieurs voulant se mettre au-dessus des autres, en n'empruntant rien de tout ce qui a été dit, se trouvent dans une grande sterilité ; & n'étant pas d'eux-mêmes assez vigoureux ou assez adroits pour se servir des objets qui se présentent à l'imagination, croyent que les figures & les images chargent la Poësie, & qu'une Metaphore hardie est une extravagance. Le moyen en effet qu'ils puissent sentir les beautez de cet Art, ils ne l'envisagent qu'à travers les foibles lueurs de leur fausse Metaphysique, qui ennemie de toute image ne leur fournit que des idées froides & confuses : aussi ils n'ont garde de rien peindre, ni de s'élever, ils vont toûjours terre à terre, témoin cette petite strophe de l'Ode de l'Amour.

Ainsi

Ainsi sage un instant trahi par une belle
Parla le vieux Rimeur Damon,
Qui le moment d'après, aux pieds de l'infidéle
Dementir tout ce beau sermon.

Et cette autre strophe, prise de l'Ode de la varieté

Mais j'entends le Lecteur, dès la premiere strophe
Qui deja lassé de mes traits,
Me dit que froid Poëte, & fade Philosophe
Je ne l'instruits ni ne lui plais.

Et ce Vers qui suit.

Pour nous interesser fai revivre en tes Stances.

Rimeur, *Damon*, *Sermon*, *Strophe*, *Stances*, voila sans mentir des locutions vrayement dignes de l'Ode, & qu'on peut appeller bien naturelles! D'ailleurs ils ne cherchent qu'à énerver leurs expressions, qu'à éguiser des Strophes en Epigrammes, à remplir des Vers durs de moralitez triviales, & hors d'œuvre, & à se donner la torture, pour fourrer dans leurs Ouvrages des locutions entortillées, qui rendent leur style Poëtique aussi obscur, que le style Oratoire dont nous venons de parler. Jugez en par ces Vers. Je vous cite les premiers qui me viennent dans la pensée. Ils sont d'une Ode sur la Mort du Roy : l'Auteur dit en relevant les dernieres paroles de ce grand Prince.

Quels monumens assez durables
Instruiront à jamais les temps
De ces Oracles memorables,
Que rendent ses derniers instans ?
Discours précis, mais d'un sens vaste,
Nobles, majestueux sans faste,
Et magnanimes sans effort :
Fruits naïfs d'une ame sublime,
Dont la constance se ranime
Dans le sein même de la mort.

Ceux-ci sont pris d'une Ode sur la Critique.

Du Precepteur d'Alexandre
Le Sophistique Cahos
Si long-temps a vû s'étendre
Un vain sistême de mots,

Et ce Tercet est de l'Ode du Devoir.

Et d'un cœur qu'instruit la prudence,
Cette heroïque indifference
Que détermine le devoir.

Cela n'est-il pas bien clair ? je n'entre point dans l'économie de ces sortes d'Ouvrages, s'il y a du feu, des images, de l'élévation, & si on y voit regner ce beau désordre qui fait le caractere de l'Ode ; on ne doit pas s'attendre à y trouver toutes ces choses. J'ai souvent oüi dire à l'illustre Despreaux que ces Odes n'étoient que des dissertations uniformes, ausquelles pourtant on donne éfrontément le nom d'Odes, de la même maniere qu'on donne le nom de Foudroyant & de Victorieux à des

Vaisseaux

Vaisseaux qui n'ont point encore vû la Mer.

Vous êtes bien difficile, reprit nôtre demi-Sçavante, de ne pas trouver beau ce que toute la France admire : je ne veux point vous mettre sur nos nouvelles Tragedies, ni sur nos nouveaux Opera, ce seroit bien pis.... Ajoûtez Madame, ni sur la nouvelle Iliade, repartit Cliton. Oh! de grace dit une troisiéme Dame qui n'avoit point encore ouvert la bouche n'entamons point cette matiere, il y a assez de tems que je souffre de vous voir maltraiter les Odes de ce Poëte, je me suis en toute occasion declarée trop hautement en sa faveur, pour permettre qu'on dise davantage du mal de lui en ma presence. N'est-ce pas assez des invectives qu'on a osé imprimer au sujet de son Poëme. Ce n'est pas qu'il s'est défendu à merveilles, & qu'il a donné comme il faut sur les doigts à ceux qui l'ont attaqué ; mais brisons là dessus, je vous prie, où je vais vous quitter la place. Non, non Madame, dit Cliton d'un ton ironique, nous respectons trop votre sentiment, il lui tiendra lieu d'apologie. Je vous livre tous les autres Poëtes, dit-elle. Fort bien, reprit l'autre Dame, Monsieur ne manquera pas d'en user comme vous souhaitez ; il me paroît si delicat..... Je suis malheureux, Madame, répartit Cliton, les Despreaux, les Malherbes, les Sarrasins, les la Fontaine,

les

les Pelissons, les Corneilles & les Racines m'ont si fort gasté le goût, sur tout les differens genres d'écrire, que je ne sçaurois plus rien trouver de bon. Il faudra bien malgré que vous en ayez, ajoûta-t'elle, que vous en admiriez quelqu'un. Fontenelle par éxemple, ne seroit-t'il à votre avis qu'un Poëte mediocre? Fontenelle Madame, lui répondit Cliton? Son Livre de la pluralité des Mondes lui a fait beaucoup d'honneur. Mais que dites-vous de ses Eclogues? reprit la Dame; je dis repartit Cliton, qu'il sçait sa langue; Pour moi, dit la Dame, je les trouve enchantées & j'aime ces Bergers à la fureur. Ils ont tous une grande delicatesse dans les sentimens, une politesse & un air de cour dont n'ont point aproché ceux de Segrais. Quelle comparaison? Madame reprit Cliton, les Bergers de Segrais n'avoient jamais frequenté le beau monde & ne s'étoient formez qne sur la simplicité de ceux de Virgile. Je m'attendois bien, interompit-t'elle, que vous lui préfereriez Fontenelle; Sans doute, répondit Cliton: les Eloges que Fontenelle prend soin d'inserer dans l'Histoire de l'Academie des Sçiences sont des morceaux assez bien écrits. Assez bien écrits! s'écria Cotinet, je soûtiens qu'on ne peut rien faire de mieux en ce genre: Cela seroit vrai dit Cliton, s'il ne se donnoit pas

sant

tant de peine pour les bien faire. Il y a, dit Quintilien, une diligence ingrate. Cliton a raison, ajoûta Crantor, d'un air décisif & puisque vous le prenez sur ce ton, je soûtiens moi que le stile de ces Eloges est trop peigné, les pensées en sont trop alambiquées, tout y est compassé jusqu'au moindre mot. Outre l'affectation d'y vouloir briller continuellement, il s'y rencontre un autre défaut, qu'il me soit permis de le dire, c'est cet esprit de parti qui y regne d'un bout à l'autre. Cet Auteur ne saisit pas seulement toutes les occasions qui se présentent de parler en faveur des Modernes, contre les Anciens; mais de gré ou de force, il ramene là toutes choses, comme si on lui disputoit en fait de Physique & de Mathematiques, cette superiorité, que le tems & l'experience nous ont donné sur l'Antiquité. C'est bien sentir la foiblesse de sa cause, que de sortir de la sorte pour la vouloir deffendre, des bornes de l'Histoire de cette Academie.

Je voudrois bien dit Gliceron, en élevant la voix, qu'on remit cette Histoire, pour quelque tems, entre les mains de ces adorateurs des Anciens, pour voir comme ils s'en démeleroient. Ces Messieurs les *Erudits* [a] critiquent beaucoup; mais la plûpart

a *Terme de la Lettre à Monsieur *** sur l'Iliade de M. de la Motte, par l'Abbé de Pons.*

La

ſe gardent bien de rien écrire.

La converſation s'échauffoit, & ces Femmes à qui elle peſoit, nous jettoient de tems en tems des regards pleins d'indignation & de mépris. Je le voyois bien ; mais Crantor & Cliton qui avoient pris feu, auſſi-bien que Glyceron & Cotinet, ne ſongoient qu'à pourſuivre leur pointe, quand j'avertis doucement Cliton du danger où il ſe mettoit. Crantor qui le comprit auſſi, laiſſa tout à coup tomber la converſation. Un murmure confus ſucceda à la diſpute, & chacun ſe dit tout bas l'un à l'autre ſon ſentiment. Je crois que nous ne fumes pas épargnez.

La Dame qui étoit entre Glyceron & Cotinet, releva le diſcours : Parlons, dit-elle, de quelque choſe qui nous faſſe plus de plaiſir, & s'adreſſant à un jeune homme qui étoit à deux ou trois places au deſſous d'elle, Ditesnous, je vous prie, Monſieur, quelqu'une de vos compoſitions. Je m'aſſure que la Compagnie ne ſera pas fâchée de les entendre. Volontiers, Madame, dit le jeune homme, qui ne demandoit pas mieux, & ſi je ne craignois de faire trop ſouffrir votre modeſtie, je commencerois par le Madrigal que j'ai fait à votre loüange : Non, dit-elle, gardez vous en bien : [a] *que votre ſilence confirme vos égards.*

[a] *Phraſe à la mode.*

Toute

Toute la Compagnie supplia la Dame de le lui permettre. C'est un badin, dit-elle en lui souriant avec complaisance, qui s'amuse quelquefois à me faire de ces petites galanteries. Alors le jeune homme, la regardant d'un air gracieux, commença ainsi.

MADRIGAL A IRIS.

LE tendre Amour folâtroit à Cithere
Avec les Jeux, les Graces & les Ris.

Le tendre Amour.... ah! le joli début, dit une de ces Dames; *Le tendre Amour*...... on ne sçauroit mieux entrer en matiere. *Les Jeux, les Graces & les Ris*.... quelle fleur d'érudition! Le jeune homme recommence.

Le tendre Amour folâtroit à Cithere
Avec les Jeux, les Graces & les Ris,
Quand tout à coup il voit venir sa Mere
Les yeux en pleurs, & rouge de colere.
Souffriras tu que l'orgueilleuse Iris
De la beauté me dispute le prix?
Courons punir son orgueil temeraire;
Partons, sui-moi dans les murs de Paris.
L'Amour touché de sa douleur amere,
Jure en chemin de venger ce mépris;
Mais aussi-tôt qu'ils furent en presence,
Par tant d'attraits le Dieu se trouva pris,
Qu'à mon Iris donnant la préference,
Il oublia d'être fils de Cypris.

Toute la Compagnie batit des mains: Ah! s'écrierent les deux autres Dames.... *Il ou-*

blia d'être fils de Cypris. La belle chûte ! A-t-on jamais rien vû de plus galant ? Qu'on est heureux, Madame, dit Cliton, d'inspirer de si aimables choses. *Quel Critique*, reprirent ces Dames, *assez indocile* [a] *aux beautez les plus accreditées*, *pourroit* [b] *ne pas se prêter tout entier au sublime extasiant de cette elegante Poësie* ? Cela me plaît d'autant plus, reprit une d'elles, qu'il me paroît aprocher davantage de ce beau trait d'un de nos Opera nouveaux :

> [c] Le dépit fait le serment,
> Et le regard fait le parjure.

Il faut encore, dit le jeune homme, que je vous recite la traduction d'une épigramme de Bonnefons sur une piqueure d'éguille ; la derniere fois que j'eus l'honneur de rendre visite à Madame, elle se piqua en travaillant à de la broderie ; & cette épigramme m'étant venuë dans la pensée, voici comment je l'ai traduite.

a *Phrase tirée de la lettre à M. *** sur l'Iliade de M D L M.*

b *Phrase à la mode.*

c *Vers du Ballet des Fêtes de l'Eté.*

A AMINTE, EPIGRAMME.

Repond, éguille cruelle,
Qu'a fait cette main si belle ?
Qu'ont fait ces doigts si polis,
Ces doigts plus blancs que les lis ?
Si tu veux à mon Aminte
Faire sentir ton atteinte,
Ah, tourne ailleurs ta rigueur,
Eguille pique son cœur.
Il merite, le coupable,
Un si cruel châtiment,
Puni cet inexorable,
Plus dur que le diamant.
Si ta pointe y fait des bréches,
Quels honneurs te seront dûs ?
Eguille, tu feras plus
Que l'Amour avec ses fleches.

Vous êtes admirable, lui dirent Glyceron & Cotinet, vous avez rencheri sur l'original. Les Dames lui donnerent aussi force loüanges, & l'assûrerent qu'elles ne se seroient jamais lassées de l'entendre. Ces deux petites pieces, quoique la derniere fût bonne, ne laisserent pas de choquer Crantor & Cliton, indignez de la fade & ridicule application qu'on en faisoit ; mais sur tout Crantor qui par un fond de delicatesse & d'equité, ne pouvoit souffrir qu'on osât prostituer à de laides décrepites des gracieusetez & des loüanges qui ne sont dûës qu'à la beauté & à la jeunesse. Leur chagrin en parut sur leurs visages : Glyceron fut le premier qui s'en apperçut, & soit pour faire sa Cour à l'Heroïne du jeune Poëte, soit pour faire remarquer aux autres combien ceux du parti opposé étoient difficiles, pour ne pas dire injustes à leur endroit : Je me suis bien imaginé, dit-il, en nous regardant d'un air malin, que vous trouveriez ces Vers [a] *inelegans* ; je vous ai vû [b] *en garde contre le plaisir humiliant que vous goûtiez à les entendre.* [b] *Une si petite mesure de beau ne sçauroit vous payer de votre genereuse attention. Ce n'est pas que vous ne pûssiez faire grace à l'Epigramme en faveur de l'Original.* Mais pour ce qui est du Madrigal, la pensée est trop neuve, & vous autres *Erudits* qui avez prêté [c] serment de fidelité aux Anciens, vous vous êtes fait une loi de n'approuver que ce qui a déja été dit. Je vous l'avoüe, reprit Cramor, & le pis est, que les Ouvrages à la mode nous confirment de plus en plus dans ce sentiment. Examinez ces deux petites pieces, je vous en laisse les Juges. Le Madrigal approche-t-il de l'Epigramme? Or voïez ce que vous seriez capable de faire en imitant les Anciens, ou même ceux qui se sont formez sur eux, & ce que vous faites quand, livrez à vous-mêmes & marchans

a *Terme de la Lettre à M.*** sur l'Iliade de M. d. la Motte pag. 27.*

b b c *Phrases de la même Lettre pag. 17. & 5.*

sans

ſans guide, vous vous écartez de la droite raiſon pour courir après des pointes. Que ſignifie en effet *cet Amour qui oublie d'être fils de Cypris?* Cela ſignifie, repartit Cotinet, qu'il n'eſt pas permis aux Modernes de rien hazarder. Ce Madrigal ſeroit quelque choſe d'exquis s'il venoit d'un Ancien; mais d'un Moderne, le moïen qu'ils puiſſent penſer naturellement? Si vous vouliez en revanche nous faire part de quelqu'une de vos productions, vous verriez que nous ne ſommes pas ſi avares de loüanges, & que nous ſçavons admirer ce qui merite de l'être. Crantor ſentit toute l'ironie de ce reproche; mais renfermant dans ſoi-même ſon indignation, il ſe contenta de lui dire: S'il eſt vrai que vous daigniez pouſſer votre complaiſance juſqu'à vouloir entendre à votre tour quelqu'un de nos Ouvrages, Cliton a dequoi vous ſatisfaire; & je lui conſeille (pour ne pas demeurer en reſte avec vous) de nous reciter la petite piece qu'il fit en dernier lieu pour une belle & jeune perſonne chez laquelle on le mena un ſoir par hazard. Toute la Compagnie preſſa Cliton de leur dire cet Ouvrage; il s'en défendit quelque tems avec modeſtie, & enfin il leur dit les Vers ſuivans.

J'errois penſif pendant la nuit obſcure,
Quand ſur mes pas s'offre un enfant tout nu,

 Qui

Qui gemissoit de sa triste avanture,
C'étoit l'Amour ; qui l'auroit reconnu !
L'enfant rusé n'avoit pour toutes armes
Que ses soupirs, ses regrets & ses larmes ;
Et ses soupirs, ses larmes, ses regrets
Faisoient tomber les passans dans ses rets.
Le cœur touché de l'excès de sa peine,
Chez moi ce soir souffre que je te mene ;
A tes parens je te rendrai demain :
Allons, mon fils Je le prens par la main,
Lorsqu'arrivez vis-à-vis de Climene :
Arrête, ami, c'est ici mon logis.
Il frappe, on vient, j'aperçois cette belle
Qui surpassoit les Graces & Cypris.
De ta pitié voilà, dit il, le prix.
C'est sans retour qu'on aime la cruelle,
Elle a brisé mon arc & mon carquois ;
Mais pour cela je ne perds de mes droits,
J'ai de ses yeux la ressource nouvelle ;
Car pour ranger les mortels sous mes loix,
Il me suffit de les mener chez elle.

Et bien, que dites-vous de ces Vers, leur dit fierement Crantor, qui s'attendoit à leurs applaudissemens ? Mais ces Dames ou par jalousie, ou par vengeance, ne firent pas le moindre semblant de les approuver. Glyceron dit seulement que cela lui avoit paru assez passable ; & Cotinet que la fin en étoit assez jolie. En effet, fort jolie, repartit Crantor qui perdoit patience. Cliton rioit du bout des levres, & m'ayant tous deux fait signe de me lever, nous nous separames assez brusquement de cette troupe, qui nous vit partir avec joye.

LIVRE

LIVRE II.

A Peine avions-nous fait quelques pas, que des gens qui se tiennent aux avenuës du Parnasse, vinrent me demander les droits qu'ils ont accoûtumé d'exiger de tous ceux qui y arrivent; mais ce fut avec des complimens si extraordinaires, que je ne sçavois que leur répondre. Je tirai à part Cliton & Crantor, pour sçavoir qui ils étoient & ce qu'ils vouloient de moi: Ce sont les Doüaniers du Parnasse, me dit Crantor, ne les connoissez-vous pas à leur stile? Ils contrôlent tout ce qui y entre, & tiennent un Registre exact des Auteurs & de leurs Pieces. Les Journalistes, lui dis-je? Vous l'avez dit, repartit Cliton; mais que prétendent-ils de moi? Ils voudroient, me répondit-il, quelqu'une de vos compositions pour grossir leurs Journaux. Je vous ai deja dit, repris-je, que je ne suis point Poëte; à la verité, je m'amuse quelquefois à rimer; mais je ne crois pas devoir faire parade de mes petites productions. N'importe, ajoûta Cliton, sortez vîte d'affaire, d'affaire & délivrez nous d'eux ; cherchez ; vous n'êtes pas sans quelques petits Vers de votre façon. Voila des gens bien importuns, dis-je tout bas, & ayant foüillé dans mes poches, je trouvai par bonheur la traduction de la 9e. Ode du 3e. Livre d'Horace. Ils la prirent & la lûrent.

Quand j'avois des charmes pour toi,
Que tu ne comblois pas des faveurs les plus cheres,
Le Rival que tu me préferes,
Je vivois plus heureux qu'un Roy.

Quand je possedois ta tendresse,
Que Cloris dans ton cœur l'emportoit sur Iris,
Tout ne parloit que de Cloris,
Je m'estimois une Deesse.

Iris est maintenant l'objet de mes amours ;
Que son Luth me ravit, & que sa voix est belle !
Je mourrois volontiers pour elle,
Si les Dieux à ce prix épargnoient ses beaux jours.

Sous son empire Hylas tient mon ame asservie,
Une ardeur mutuelle a formé nos liens.
Je donnerois plus d'une vie,
Pour conserver les jours d'où dépendent les miens.

Mais malgré de nos cœurs la discorde fatale,
Si mon premier amour alloit se rallumer,
Si revenant à toi, je bannis ta Rivale,
Cette charmante Iris qui sçait si bien aimer.

Bien qu'Hylas soit plus beau que l'Astre qui m'eclaire,
Le volage Zéphir plus constant que ta foi,

Ton

Ton esprit plus fougueux que la mer en colere,
Avec toi je veux vivre, & mourir avec toi,

Ils parurent tres-satisfaits de cette lecture, & ils m'assurerent que Pelisson, Moliere & Bussy qui avoient traduit cet Ode, n'avoient pas si bien réussi que moi; que sans être esclave de mon Original, j'avois sçu le rendre parfaitement. Ils ne me quitterent point qu'après m'avoir comblé de loüanges; mais si outrées, que j'en eus de la confusion. Vous allez, me dit Crantor, tenir une belle place dans leurs Journaux. Vous serez prôné d'importance. A Dieu ne plaise, lui repondis-je, je me passerois bien de cet honneur, ils soufflent également le froid & le chaud, & ils marquent la plûpart du tems si peu de goût & tant de partialité, que je m'étonne qu'Apollon souffre un pareil abus dans son Empire. Le Dieu, ajoûta Crantor, par les Lettres Patentes qu'il leur a fait expedier de Contrôleurs du Parnasse, ne leur a accordé que le droit de raporter tout uniment le titre & le précis des Ouvrages; & lorsqu'ils s'ingerent de loüer ou de censurer, c'est une liberté qu'ils se donnent, que le Lecteur sensé n'a garde de prendre pour une décision. A la verité, reprit Cliton, parmi ceux qui composent le Corps des Journalistes, la plûpart donnent trop à l'amitié qu'ils portent à de certains Auteurs, ou au zele du parti qu'ils embrassent; mais il s'en trouve beaucoup qui jugent sainement & sans passion des Ouvrages. Nous avancions toûjours quand Crantor entra dans un sentier fort rude. Suivez moi, nous dit-il, sans vous étonner de l'âpreté du chemin, nous en serons bien-tôt dehors, & nous nous trouverons amplement dédommagez de la fatigue que nous aurons euë. En effet, après avoir franchi ce sentier scabreux, rempli de cailloux & herissé de ronces, nous trouvâmes un chemin uni, bordé de toutes sortes de fleurs & d'arbres fruitiers, où nous fûmes charmez de voir ce terrain aussi beau & aussi fertile, que l'autre nous avoit paru sterile & affreux. Il croît ici, me dit Crantor, comme vous voyez, des fleurs & des plantes d'une odeur admirable, & des fruits d'un goût exquis. On y trouve les simples les plus rares & les plus utiles, dont on se sert dans la Medecine; car, n'en déplaise aux ennemis des Muses qui ont voulu décrier le Parnasse, c'est un des plus beaux sejours & des plus tranquiles qu'il y ait sous le Ciel. A la verité, on n'y a pas encore découvert de mines d'or, mais on y trouve des pierres précieuses, dont les habitans font grand cas, qui portées ailleurs perdent si fort de leur prix,

qu'à

qu'à peine trouvent-elles des acheteurs. Elles y sont fort rares, & il faut bien sçavoir les connoître pour n'y être point trompé. On ne fait pas difficulté de vous presenter à leur place des pierres de composition, dont il se fabrique ici un plus grand nombre, qu'en part du monde.

Entendez-vous le doux murmure de la Fontaine Castalie, qui a sa source au plus haut du Parnasse. Nous ne sommes pas loin de ses bords; & si le bruit de ses eaux vous fait plaisir, vous n'en aurez pas moins de voir la beauté de son lit de cristal. La Fontaine d'Hypocrene coule sur le Mont Helicon, & c'est à un coup de pied de Pegase, comme vous sçavez, qu'elle doit sa naissance. Les eaux de ces deux Fontaines, ont un goût different, le miel n'aproche pas de la douceur de celle de Castalie: aussi c'est elle qui fait les Poëtes tendres & agreables: celles de l'Hypocrene au contraire, passant entre les rochers de l'Helicon, entraînent avec elles des sels & du nitre dont cette Montagne abonde, & forment par leur âcreté les Poëtes Satyriques.

Ces eaux sont toutes les deux chaudes, & enyvrent comme le vin, avec cette difference, qu'au lieu d'abrutir & d'assoupir les sens, elles élevent l'ame, & mettent toutes ses puissances en mouvement; mais en bûvant de de ces eaux celebres, il y a des précautions à prendre, & un regime à garder. La principale chose qu'on doit observer en les bûvant c'est sa constitution, son temperamment & ses forces. Celui qui usera de ces eaux avec prudence, en tirera de grands avantages. Elles ont des proprietez particulieres: elles servent à dissiper l'ennui, à calmer les chagrins, à adoucir la ferocité des esprits, & à exciter cette chaleur divine qui produit l'entousiasme. Elles sont non seulement bonnes pour les Poëtes, mais pour tous ceux qui s'appliquent à écrire, elles nous donnent du degoût pour les choses basses & terrestres, nous inspirent de l'amour pour les choses honnêtes, pour la gloire, pour la vertu, & nous prêtent de l'industrie & des forces pour réussir dans les beaux Arts. De sorte que les hommes qui sont assez heureux pour en boire, distinguent merveilleusement bien les routes qu'on doit tenir; tandis que ceux qui sont privez de cette divine boisson, ont peine à se soûtenir, & découragez par l'âpreté des chemins, sont contraints de ramper toute leur vie au pied du Parnasse;

Nous découvrimes tout à coup les bords de la fontaine Castalie, où de jeunes hommes bienfaits étoient occupez à en éloigner des personnes de tout âge & de tout sexe, tandis qu'ils en laissoient approcher d'autres;

&

& qu'ils les pressoient même de boire. Je demandai à Cliton ce que c'étoit que ces jeunes hommes : Ce sont, me répondit-il, des Genies; autant qu'il y a en Europe de Nations differentes, autant y voit on de Genies differens doüez de divers talens & de diverses connoissances.

Ceux d'entr'eux qui de l'harmonie
Suivent les attrayantes loix,
Nourrissent leur douce manie
Des airs qu'on entend dans ces bois.
Ils sont par le Dieu des Poëtes,
Commis dans ces doctes retraites
A la garde des chastes eaux
De l'une & de l'autre Fontaine,
Repoussant mille Auteurs nouveaux,
Dans la crainte que leur haleine
Ne corrompe la pureté
De leur transparente beauté;
Mais d'une façon toute humaine,
Ils laissent boire à tasse pleine
Tous ceux qu'Apollon en naissant
Regarde d'un œil caressant.
A boire méme ils les provoquent;
De tous les autres ils se moquent,
Ou s'ils les laissent aprocher,
C'est afin qu'une soif égale
A celle que souffre Tantale,
Les fasse languir & secher.
Coleres, promts, inexorables,
Ces esprits ne sont pas traitables,
Brusques, envieux & jaloux,
Et par fois d'une humeur chagrine,
Un rien excite leur courroux.
On ne le diroit à leur mine.

Tant ils ont l'air diſcret & doux ;
Au reſte, ils ſçavent bien écrire,
Parlent bien, ont le mot pour rire ;
L'un eſt vif, gaillard & badin,
Et l'autre à l'amour eſt enclin ;
Celui-là fier, grave & tragique,
Celui-ci plaiſant & comique,
Cet autre cauſtique & malin.
Il s'en trouve de toute eſpece,
Pleins de graces, de gentilleſſe.
Il en vient du païs Latin
Qui ſe diſent de haut lignage :
Il en vient de celui des Grecs,
Plus rogues de leur parentage ;
Mais ils ſont ſi pâles, ſi ſecs,
Que rarement ſur ce rivage
Ils oſent montrer leur viſage.
On y voit force Italiens,
Ceux-là ſont grands Comediens ;
Grands diſeurs de pointes frivoles ;
Amateurs de diminutifs
Ainſi que des ſuperlatifs ;
D'ailleurs, quelquefois aſſez drôles,
Et dans leurs amours toujours vifs.
Des Eſpagnols moins attentifs
Au ſens, qu'aux vaines hyperboles.
On y voit des Anglois penſifs :
Des Portugais hautains & graves,
Auſſi fanfarons & galans
Que Grenadins & Catalans,
Des Belges avec des Bataves,
Des Polonois, des Allemans.
Les François ſont les plus charmans ;
Et ceux dont le noble langage
Eſt ici le plus en uſage,
Soit pour le grand, le ſerieux,
Pour le tendre, le gracieux,

Soit pour l'élegant badinage,
Virelays, Ballades, Rondeaux,
Epigrammes & Madrigaux,
Odes, Sonnets, Contes, Sornettes;
Vaudevilles & Chansonnettes,
Dans leur bouche tout est joli,
Galant, agreable & poli.

Ne pourrois-je pas par votre moïen, dis-je à Crantor, obtenir d'eux la permission d'étancher la soif qui me presse. Je ne crois pas me, dit-il, qu'ils vous refusent cette grace: En effet,

Ces Jouvenceaux, dès qu'ils nous virent,
D'un air aimable nous souririrent;
Et bien loin de nous repousser,
Nous firent signe d'avancer:
Aussi-tôt nous nous aprochâmes,
A longs traits nous nous abreuvâmes.
Les premiers verres de cette eau
M'enflamerent d'un feu nouveau,
Une horreur divine & secrete
Vint s'emparer de mes esprits,
Et je fus tout à coup surpris
De sentir que j'étois Poëte.

Nous cueillimes ensuite sur les bords voisins des fruits de plusieurs sortes. Ce repas me parut fort leger; je sentois que mon estomach accoûtumé à une nourriture un peu plus forte n'étoit pas content. Je jettai les yeux de tous côtez, pour voir si je ne découvrirois pas quelqu'un de ces hospices dont on m'avoit parlé. Ce fut inutilement, nous en étions trop éloignez ; il fallut prendre patience. Cependant la nuit approchoit, le Soleil entroit dans le Palais de Thetis ; nous cherchâmes une retraite, & nous allâmes sous quelques arbres, où nous nous étendîmes sur l'herbe : cette vie ne me plaisoit nullement. Quoi, disois-je en moi-même, ne boire que de l'eau, & ne manger que du fruit, coucher à la belle étoile ! Je ne pûs m'empêcher de m'écrier.

Grand Dieu, quel gîte, quel repas !
Ceci passe la raillerie.
Quel Ordre de Chevalerie
Professe-t-on dans ces climats ?
Jadis les Preux à l'aventure
Prenoient ainsi leur nourriture,
Et souvent ils ne soupoient pas :
Couchoient à l'air sans couverture,
Bravoient la rigueur des frimats ;
Même ils y trouvoient des appas,
Si fort à tout on s'accoûtume ;
Mais pour moi qui crains fort le rhume,
J'ai regret à mon matelas.

Cette exclamation fit rire Cliton & Crantor, le dernier reprenant bien-tôt son serieux, cette vie qui vous paroît si sobre & si dure, me dit-il, est pleine de douceur & de liberté. Vous ne l'aurez pas menée quelques jours que vous n'en voudrez plus mener d'autres. Tous les commencemens sont difficiles, continua-t-il, l'honneur que vous pouvez acquerir

rir ici, vaut bien les petites incommoditez qu'on y souffre. Il faut peu manger, peu dormir, & travailler beaucoup, pour meriter une solide reputation.

Ce n'est pas en dormant que se font les Homeres.

Nous tâcherons, reprit Cliton, de vous adoucir l'austerité de cette vie, par des amusemens, & quelquefois même par de bons repas. Je veux vous mener demain dans ces reduits qui sont les rendez-vous de tous nos Poëtes Modernes. Vous voulez, interrompit Crantor, l'initier dans de beaux misteres ? N'avons nous pas de plus belles choses à lui montrer ? apprenez, me dit-il, qu'un Poëte veritablement amoureux de la gloire, ne doit rechercher que la conversation de nos Maîtres ; que ce n'est qu'avec eux qu'on peut apprendre le secret de penser solidement, & de s'exprimer avec grace. Si vous ne voulez, poursuivit-il, vous occuper que de bagatelles, & mettre toute votre étude à tourner quelque petite Epigramme, à composer quelque Opera froid & sec, ou une Ode insipide ; vous ne pouvez mieux faire que de frequenter les lieux où Cliton vous veut mener, ils ne sont bons que pour des Poëtes de cette espece ; mais si vous vous sentez assez de force & de hardiesse pour concevoir quelque chose de grand, suivez moi, je vous

menerai

menerai visiter les Homeres, les Virgiles, les Pindares, les Horaces, & tout ce qu'il y a de plus illustre sur ce double Mont. Je les écoutois l'un & l'autre, quand l'odeur des mirthes voisins, reveilla la tendresse de Cliton. Il se leva brusquement, & se promenant à grands pas, je pris garde à la faveur du clair de la Lune, que son cerveau étoit en travail, & qu'il vouloit accoucher de quelque ouvrage. Tantost il se frotoit le front, tantost il se mordoit les doigts, & faisoit toutes les postures & toutes les grimaces d'un homme qui cherche des expressions & des rimes. Laissons le versifier tant qu'il voudra, me dit Crantor, aussi bien c'est ici l'occupation de ceux qui ne peuvent dormir, & songeons à reparer nos forces par le sommeil, afin d'être en état demain de grand matin d'aller où je prétens vous conduire. C'est fait, s'écria tout d'un coup Cliton; & retournant vers nous : Ecoutez, dit-il, ce petit ouvrage, & dites m'en votre sentiment. Je suis amoureux, ajoûta-t-il, d'une personne qui n'a pour moi que de l'indifférence : je sens bien qu'il n'y a que l'éloignement qui puisse me guérir, aussi suis-je resolu de la fuir desormais; & afin qu'elle n'en prétende cause d'ignorance, je veux lui envoïer ces Vers-ci.

ADIEU

ADIEU A PHILIS.

PUisque l'Amour logé dans vos beaux yeux,
Lance à mon cœur ses traits victorieux,
Sans s'essaïer peu ni prou sur le vôtre,
Qui tout de glace, & plus dur que rocher,
Brave orgueilleux le pouvoir de l'Archer;
Adieu vous dis, il y va trop du nôtre.
Tout malheureux que l'on maltraite ainsi,
N'a de remede autre que celui-ci;
C'est un coup sûr, témoin ce trait d'Histoire,
Il fut un Grec qui sçavoit le Grimoire
Du tendre amour, & qui craignant pour soi
Ce que chez vous, Philis, je crains pour moi;
Fit ce qui suit, si j'ai bonne memoire.
Ce fin Gregeois, maître Gonin passé,
Vint aborder en l'Isle de Circée,
Fille divine & de charmes pourvûë,
Ne sçais combien. A la premiere vûë
On étoit pris, sans pouvoir dire non;
Puis vous traitoit d'une étrange façon;
Si que toujours triste en étoit l'issuë:
Vous presentoit une douce boisson
Qui vous privoit de sens & de raison.
L'homme leuré prenoit forme de bête:
Le Grec voyant changer ses Compagnons
En ours, en loups, en tigres, en cochons;
Connoît l'appas que la traîtresse apprête,
Que le poison est caché là-dessous.
C'est du nectar, je veux t'en faire fête,
Bois mon mignon ... Du nectar, dites-vous?
Je n'ai pas soif. S'il n'eût joüé de tête,
Il eust hurlé le drole avec les loups,
Ou bête immonde, il eust grogné dans l'auge;
Mais que fait-il pour fuir un sort pareil?
Un beau matin le rusé vous deloge,

Et

Et plante là la fille du Soleil.
Jugez, Philis, ce qu'il me convient faire;
Ja vous l'ai dit ce que fit le Gregeois:
C'est trop souffrir sous vos cruelles loix.
Vous me plaisez, je ne sçaurois vous plaire:
J'en perds l'esprit, c'est pis qu'être Panthere,
Ours, loup, cochon, c'est pis, c'est cent fois pis.
Donc pour toujours, la Belle, adieu vous dis.

A vous entendre soupirer, lui dis-je, de la maniere que vous l'avez fait d'abord, j'étois assez bon pour vous plaindre, & pour m'affliger même avec vous; mais le stile badin de votre adieu me rassure, & je ne pense pas que la personne pour laquelle ces Vers viennent d'être faits, puisse conclure autre chose. C'est bien mon dessein, répondit Cliton; je la connois, elle est aussi vaine que cruelle: je ne veux point qu'elle puisse s'imaginer que cette separation me fasse la moindre peine: c'est une satisfaction que je prétens lui dérober. Je la verrai encore quelque tems par bienseance: en tout cas, dans les dispositions où je me trouve, je crois d'en être bien tost quitte, huit jours en feront la raison.

Vous vous trompez tous deux, nous dit Crantor, c'est bien mal connoître l'Amour que de raisonner ainsi: ce Protée prend toute sorte de formes, il est tantost sombre, melancolique, tantost jaloux, emporté, furieux, tantost badin, folâtre, railleur: mais quelque personnage

personnage qu'il joüe, il n'en est pas moins l'Amour, & quand on est une fois atteint de cette maladie, on n'en guérit pas si-tost. Helas! qui a jamais plus que moi éprouvé le pouvoir de l'Amour? la nature m'avoit donné un cœur tendre: j'ai aimé, mais qu'il est dangereux de s'abandonner à cette passion! Que de troubles, de chagrins, de dépits, de jalousies, de soupçons, de maux horribles l'Amour ne traîne-t-il pas après lui? On a beau nous parler de ses trahisons; on a beau nous dire qu'il cache sous l'apparence du plaisir & de la douceur, l'amertume la plus dégoûtante & le poison le plus cruel; il faut avoir essüié ses caprices & ses disgraces, pour être en garde contre ses trompeuses amorces: il faut avoir fait la triste experience de ses propres foiblesses, pour devenir sage. C'est alors qu'on sçait se défier de soi-même, & qu'on sent qu'il n'y a en effet que la fuite, qui puisse nous delivrer de cet ennemi. On ne doit pas pourtant s'imaginer, comme Cliton se le persuade, que c'est le fuir que de dire qu'il veut l'éviter: le cœur est encore ulceré, tandis qu'on raisonne de la sorte.

Quoi, Cliton, pour avoir une fois resisté,
Vous flatez-vous déja que l'Amour est domté?
Un dogue se détache, il fuit, sa fuite est vaine,
S'il traîne encore au col la moitié de sa chaîne.
Pour le coup, direz-vous, c'en est fait, je suis las

D'adorer de Philis les perfides appas :
Je n'y retourne plus : moi je verrois encore
Celle qui me ruine, & qui me deshonore,
Qui tandis qu'elle seule est l'objet de mes vœux ;
De mes dons prodiguez paye un Rival heureux ?
Courage, allons, sortez d'un si dur esclavage,
Cliton, à vos dépens osez devenir sage.
Si je la quitte.... Eh bien ! qu'est-ce que vous craignez ?
Helas ! quoi ? ses beaux yeux de pleurs seront baignez.
Vous badinez sans doute : ah cœur pusillanime !
Vous aimez les mépris, soyez-en la victime,
Je vous plains : pour vous étre un seul jour absenté,
Comme un petit marmot vous serez souffleté.
Vous faites le méchant & le brave loin d'elle ;
Vous n'oserez souffler aux pieds de l'infidelle.
Mais si l'ingrate enfin veut revenir à moi ?
Que me conseillez-vous ? parlez de bonne foi.
Si sa bouche à son tour, cette bouche si fiere,
Daigne pour m'appeller employer la priere,
Lui serai-je cruel ? Oüi, fuïez, votre cœur
N'a pas d'autre moïen pour en sortir vainqueur
L'Amour est un torrent souvent plus redoutable :
Par tout ce qu'on oppose à son cours indomptable ;
On ne s'en garentit qu'en fuïant promptement.
Qui regarde après soi tombe dans le moment.

Mais je m'apperçois que la nuit est avancée, je sens appesantir mes paupieres, nous n'avons rien de mieux à faire, qu'à nous abandonner au sommeil. Nous nous couchâmes sur l'herbe, & nous nous endormîmes jusques au jour.

LIVRE

LIVRE III.

L'AURORE de ſes premiers regards éclairoit le haut du Parnaſſe, le ſommeil nous abandonna, & je demeurai auſſi charmé du doux chant des oiſeaux, que réjoüi par la vûë de mille objets rians. C'eſt ici, m'écriai-je, que la Déeſſe aux doigts de roſes en ouvrant les portes de l'Orient, ſe plaît à verſer ſes aimables pleurs avec le plus d'abondance. Ici le jour eſt plus brillant, l'air plus pur, le criſtal des eaux plus tranſparent, les bois plus verds & plus frais qu'ailleurs. C'eſt ici que les Poëtes viennent prendre les images les plus vives, & les plus agreables deſcriptions dont ils enrichiſſent leurs Ouvrages.

Au milieu de tant de beautez, je n'oubliai pas ce que Cliton m'avoit promis la veille : je le ſommai de ſa parole, & il m'aſſeura qu'il ne manqueroit pas de me mener dans tous les nouveaux reduits dont il m'avoit parlé. Crantor fronçant les ſourcils, témoigna ne pas aprouver ce deſſein. Regardez, me dit il en ſe tournant de mon côté, ce Temple bâti entre ces deux ſommets, ce

Temple

Temple auguste où la Gloire grave en caracteres d'or les noms des Poëtes & de leurs Mecenes ; c'est là que je vous ai promis de vous mener, & c'est là que l'émulation doit vous faire monter avec moi. Il me prit en même tems par la main, & se mit en devoir de m'y conduire par des routes qui me parurent impraticables : Cliton lui remontra que la curiosité seule m'ayant porté à faire ce voyage, il étoit juste de me conduire dans tous les lieux, & de me montrer toutes les raretez du Parnasse. Avant que de vouloir tenter ce dessein, le severe Crantor se rendit à cette raison, sans témoigner neanmoins par cette condescendance, qu'il voulût rien relâcher de sa premiere resolution.

Nous prîmes notre route vers le sacré Vallon par un sentier agreable. Je remarquai en allant des choses fort singulieres. Les arbres & les buissons sont peuplez d'une infinité de Rossignols & de Serains. On y voit encore des Merles, des Perroquets & des Pies, qui n'ayans aucun ramage particulier, ne font que repeter imparfaitement les accens des Rossignols & des Cygnes. On trouve encore beaucoup d'Oyes, de Canards & de Grenoüilles dans le Marais, dont je parlerai en son lieu.

Pegase erre en liberté sur les rochers

&

& dans les bois du Parnasse & de l'Helicon : on ne sçauroit croire, à moins que de l'avoir vû, combien il se montre obeïssant aux moindres commandemens des Poëtes du premier ordre. Il vole à leur voix, il s'arrête à leur aspect, & leur presente doucement le dos, comme les Chameaux quand on veut les charger; mais il conserve pour les mauvais Poëtes une ferocité, que son extrême vieillesse n'a pû encore adoucir aparemment.

Leur mine doit l'éfaroucher,
Il fait beau le voir se debattre,
Jetter les fers en l'air, faire le diable à quatre,
Si-tôt qu'ils veulent l'aprocher.

On trouve au pied de la Montagne quantité d'ânes plus gros que ceux de Malthe & du Caire : ils servent de bêtes de somme aux Habitans du Païs. Les Poëtes tiennent que c'étoient autrefois des hommes adonnez à un travail forcé, qui voulans malgré les Muses monter au Parnasse, furent metamorphosez par Apollon en ces sortes d'animaux. Il y en a de benins & de pacifiques qui obeïssent à leurs conducteurs, & qui vont par tout où l'on veut les mener; car ils se hâtent de suivre toutes les routes d'hommes ou de bêtes qu'ils trouvent sur leurs pas : Il y en a d'autres qui sont plus difficiles à dompter que les Chevaux, qui sont aussi malins & opiniâtres que des Mulets, & qui mordent quand on veut les monter, cependant ils souffrent quelquefois des fardeaux ; mais ils ne baissent point les oreilles sous la charge à la maniere des autres, ils les élevent au contraire fierement, & ne manquent jamais de braire & de se veautrer sur l'herbe, si-tôt qu'on les a déchargez. Cliton m'y fit remarquer l'âne de Lucien & celui d'Apulée, qui par une prérogative particuliere paissoient familierement avec Pegase.

Voyant passer devant nous des troupes de Poëtes de differentes Nations ; je demandai à Crantor si on avoit toûjours reçû dans cette contrée tous les peuples qui avoient voulu s'y établir. Le Parnasse, me répondit-il, ēst un païs libre, qui est ouvert à tout le monde. Je serois curieux, lui dis je, de sçavoir qui en ont été les premiers Habitans. On ne sçait pas précisément, me dit Crantor, quels sont les peuples qui l'ont d'abord habité. Il y a aparence que les Chaldéens, les Egyptiens, les Syriens, les Hebreux & les Chinois même, s'y sont établis les premiers ; mais il n'y a point de Memoires là-dessus : On sçait seulement que les Sciences & les beaux Arts fleurissoient chez tous ces Peuples. Nous avons des morceaux de Poësie des Hebreux, & les Egyptiens & les Chinois ont conservé des Vers qu'ils donnent comme des monumens d'une grande antiquité. Les Grecs sont les plus anciens dont nous ayons une entiere connoissance, & ceux qui se sont acquis au Parnasse le plus de gloire. Les Bardes & les Druides s'y introduisirent long-tems après à la faveur de la Langue Grecque, témoin ce que dit Cesar dans ses Commentaires, que les Vers que les Bardes & les Druides enseignoient à leurs Disciples, étoient Grecs.

Cette contrée fut divisée en trois Provinces, celle des Epiques, celle des Tragiques & celle des Lyriques. Les Epiques habitoient le haut de la Montagne du côté du sommet apellé Cyrrhe; les Dramatiques, les Satiriques & les Comiques, le côté qui est dominé par le sommet qu'on nomme Nyse; & les Lyriques, les Elegiaques, les Bucoliques occupoient l'espace qui est entre ces deux sommets, avec le reste des bons Auteurs en toute sorte de genre de Litterature. Les Grecs après avoir regné seuls sur le Parnasse pendant plus de mille ans, se virent contraints d'en partager la domination avec les Latins. Ces derniers rechercherent d'abord la protection des premiers, qui les regardans comme des passagers, les reçurent humainement, exercerent envers eux l'hospitalité, & ne firent pas difficulté de leur faire part de leurs propres biens. Les Latins soûtenus du secours des Grecs, & s'étant enrichis par ce moyen, prirent des forces & de l'autorité; & prétendans dominer au Parnasse comme dans le reste du monde, ils dépoüillerent les Grecs d'une bonne partie de leur puissance, & les resserrerent dans des limites tres-étroites.

Les Huns, les Gots & les Vandales inondans bien-tôt aprés toute l'Europe, occuperent les routes du Parnasse, ensorte que l'entrée en fut fermée aux autres Nations, & ils tâcherent d'y introduire la Barbarie. Le regne de l'ignorance dura long-tems; cependant à travers les tenebres de ces siecles grossiers, on entrevit une foible lueur qui fit esperer la renaissance des Lettres.

La Rime parut sur le Parnasse, elle y fut apportée par les Arabes, qui les premiers ont rimé leurs Vers. Les Poëtes Provençaux l'adopterent, & on ne les apella pas, comme quelques-uns ont cru, Troubadours ou Trouverres, de ce qu'ils avoient trouvé la rime, mais de ce qu'ils inventoient & travailloient à des sujets de Poësie, le mot de Trouverre signifiant Ouvrier & Inventeur. Ils furent suivis de nos Romanciers. Enfin, tous ces nuages ayant été dissipez, on vit briller un nouveau jour sur ce Mont fameux, qui fut

fut repeuplé & divisé en deux Regions, qu'on nomme le vieux & le nouveau Parnasse.

Le nouveau est habité par les Poëtes qui parlent les langues vivantes : il en vient de toutes les parties de l'Europe, chaque Nation tient la Province qui lui est marquée & qui est divisée en plusieurs Colonies. Les François, les Italiens & les Espagnols y sont en plus grand nombre que les autres, sur tout les Italiens dont on distingue les Colonies par presqu'autant d'Academies. Je craindrois de vous fatiguer par le recit des noms qu'elles portent : Il est à propos de remarquer que toutes les differentes Colonies qui peuplent le Parnasse, ne sont pas érigées en Academies. Il y a les Poëtes qui ne sont aggregez à aucun Corps, & les Poëtes Citoyens des Academies qu'on apelle Academiciens, honneur qui les distingue des autres.

On n'avoit pas donné jusqu'ici le nom d'Academie à aucune Colonie des Espagnols; mais le jeune Monarque qui les gouverne, piqué d'une noble émulation d'imiter son Ayeul, vient d'y en établir une.

Celles des François, quoiqu'en plus petit nombre, égalent en sçavoir & en éclat, toutes celles des autres Nations.

Le vieux Parnasse qui ne laisse pas d'être frequenté

frequenté par les Habitans du nouveau, n'a que deux Provinces, celle des Grecs & celle des Latins. La Province des Latins a deux parties, la superieure & l'inferieure; on les nomme le Païs Latin. L'inferieure qui n'est habitée que par des Pedans, est fort peuplée : La Province des Grecs est presque reduite à ses anciens Habitans. Tous ces Peuples n'ont ni toit ni maison. Ils se plaisent à errer dans ces bois, à se reposer sur le bord des eaux, à composer ou à reciter des Vers. Les vieux & les jeunes aiment également cette occupation, ils ont la plûpart le cœur tendre; cependant n'étant pas faits pour s'embarasser des affaires d'un ménage, ils gardent volontiers le celibat. Il y en a qui se plaisent tant sur cette Montagne, qu'ils ne la quittent jamais, & qui après avoir bû des eaux de l'Hypocrene, comme s'ils avoient bû des eaux du Lethé, oublient leur Patrie, leur Maison & leurs Parens. D'autres vont & viennent, y faisant des voyages de tems en tems : Au reste, ceux qui pendant leur vie ont été trouvez dignes d'y remplir les premieres places, les occupent de même après leur mort. Ce sejour leur tient lieu de Champs Elisées, & ils ont le plaisir de converser avec les vivans dans ces agreables climats qu'ils ont tant aimé. Ils y sont heureux à proportion

de

de la bonté de leurs Ouvrages, le souvenir de les avoir faits les réjouit. Ils sont charmez de nous les repeter, de nous en faire apercevoir les beautez, & ils font consister en cela leur plus grande felicité.

Nous étions déja descendus dans le sacré Vallon, où nous ne marchâmes pas longtems sans découvrir le fleuve du Permesse. Il rouloit lentement son onde claire & paisible, dans un lit peuplé de Cygnes & bordé de Saules & de Tilleuls fleuris. Nous aperçûmes un homme assis sous ces arbres, qui goûtant la fraîcheur de l'eau & de l'ombre, lisoit un papier qu'il tenoit à la main, Crantor nous dit que c'étoit Despreaux, qu'il le connoissoit trop bien pour s'y méprendre. Nous étant avancez, le bruit qu'il entendit l'obligea de tourner la tête de notre côté; & ayant aperçu Crantor, il nous fit signe d'aprocher & de nous asseoir auprès de lui.

Il n'avoit plus ce visage défait par la vieillesse & par la maladie, ce teint plombé, ces jambes chancelantes; une mâle vigueur avoit succedé à sa foiblesse, ses rides s'étoient éfacées, ses yeux perçans étoient remplis d'un feu qui avoit quelque chose de divin, & l'on voyoit sur toute sa personne une douceur simple & majestueuse, qui inspiroit la tendresse & le respect. Une si glorieuse meta-

metamorphose est la récompense des grands Poëtes, Apollon d'un de ses rayons les penetre & les vivifie de la sorte; mais les mediocres demeurent toûjours dans le même état, où on les a vûs sur la fin de leurs jours.

Après quelques complimens de part & d'autre, Crantor lui parla ainsi : S'il étoit permis aux Auteurs qui ont subi la loi de la Parque de travailler encore, nous aurions cru à vous voir rêver tout seul un papier à la main, que vous composiez quelque nouvel Ouvrage. Les Destins, répondit Despreaux, nous ont envié cette satisfaction : ce que vous voyez est une Epître dont la lecture m'a amusé quelques momens : L'Auteur ayant tâché d'y prendre mon esprit & mon stile, voudroit sans doute la faire passer sous mon nom : je ne m'y retrouve pas à la verité tout entier ; mais il faut l'avoüer, je m'y retrouve en quelques endroits. C'est beaucoup dire, répondit Crantor, vous nous donnez une grande curiosité de voir cet Ouvrage. Je veux bien vous le montrer, dit Despreaux ; mais faites-moi auparavant le plaisir de m'informer de ce qui se passe en France parmi les Auteurs du tems.

Je pris alors la parole : On acheve, lui dis-je, une nouvelle Edition de vos Ouvrages avec des Notes. J'en ai vû quelque chose, ſe, répondit Deſpreaux, je ne m'intereſſe pas beaucoup à cette nouvelle, on m'en a donné une qui me cauſe bien plus de joïe. On m'a dit que Madame Dacier venoit de ſoûtenir la gloire d'Homere & celle de nôtre Nation avec tant de force & de dignité, qu'elle avoit terraſſé & aneanti le parti des Modernes, dans la perſonne du ſucceſſeur de S.Sorlin & de Perrault. Quand on nous montra le Diſcours & l'Iliade de cet Auteur, ſon audace revolta d'abord tout ce que le Parnaſſe a de plus judicieux. Je fus un de ceux qui crierent le plus. Je voulois qu'Apollon en fiſt un exemple. Clio m'apaiſa, en me diſant que je ſerois bien tôt ſatisfait, & que la punition n'étoit pas loin. C'étoit ſans doute de la Réponſe de Mad. Dacier dont elle entendoit parler. La temerité de M. de L. M. me sembloit d'autant moins pardonnable, qu'ayant ſenti moi même toute la difficulté de l'entrepriſe, je l'avertis lorſqu'il m'aporta le premier Chant de ſon Iliade du danger où il s'expoſoit. D'ailleurs, l'imprudence de l'Abbé Regnier auroit dû le retenir; car on eût dit qu'il lui avoit remis le moule dans lequel il venoit de jetter les Vers d'une traduction de ce premier Chant, toute ſemblable.

C'eſt apparemment, dit Crantor, ſur ces avis charitables que M. de la Motte a oſé forger l'Histoire de son Iliade.[a] A la verité, dit Cliton, il exagere un peu votre approbation, il la metamorphose même en éloges extraordinaires. Si l'on veut l'en croire, *vous trepignates de joye* en l'écoutant, *vous pleurates de tendresse*, & vous commençates pour la premiere fois à trouver les Vers Grecs foibles, en les comparant avec les François. Il se felicite même de vous avoir trompé finement en vous laissant croire qu'il entendoit le Grec. Lequel à votre avis, dit Despreaux, étoit le plus trompé de nous d'eux ?

Notre amour propre, continua-t-il, est un microscope qui nous grossit terriblement les objets, il faudroit que je n'entendisse ni le Grec ni le François, pour avoir donné à cet Auteur des loüanges si excessives. Bien que je me fusse declaré ennemi des restrictions & des équivoques, notre cher ami M. Arnaud ne m'en avoit pas défendu l'usage dans de pareilles occasions. M. de la Motte prend donc tout au pied de la Lettre ? ne sçait-il pas lui qui est si poli & si gracieux, qu'on ne dit pas crûment au nez des gens ce qu'on pense de leurs ouvrages, & qu'on est convenu de certaines formules d'honnêtetez qu'on se prête sans consequence les uns aux autres ? Mais enfin quoiqu'il puisse alleguer pour sa justification, les Latins m'ont paru

a *Troisiéme Broch. de M. de la Motte p. 16, & 17.*

paru encore plus indignez de ce Poëme extraordinaire, que les Grecs & les François, & s'ils ont passé à Julius Eobanus Hessus sa traduction de l'Iliade en Vers Latins, c'est parce que ce Poëte a joint à un genie superieur à celui de M. de la Motte, les avantages de la Langue Latine, qui plus riche & plus feconde que la nôtre, est par consequent plus propre à rendre la grandeur, l'harmonie & la majesté d'Homere. Stace surtout ne se possedoit pas, il m'aborda pour se plaindre de l'outrage qu'on avoit fait au Prince des Poëtes : il ne pouvoit concevoir qu'un Auteur de ce rang pût avoir une si grande confiance. Je me flatte, disoit-il, quoique fort au-dessous de Virgile, d'être moins inferieur à ce grand homme, que M. de la Motte est inferieur à Homere ; cependant je me suis contenté dans ma Thebaïde de suivre l'Eneide de fort loin, & d'en adorer toûjours les divins vestiges. Il auroit mieux valu pour M. de la Motte, continua Despreaux, d'imiter la modestie de Stace, & de s'occuper plutost à relever les beautez de ces excellens modeles, qu'à vouloir les détruire. Je connois la faute que j'ai faite : j'ai trop épargné ces gens là. Vous auriez, dit Crantor, rendu un grand service à la Republique des Lettres, si vous aviez daigné illustrer leurs noms en les plaçant dans quelqu'une de de vos Satires, & donner au public une veritable idée de leur capacité. Cela les auroit peut estre retenus, & auroit au moins empêché les ignorans d'ajoûter foi à leurs discours. La mort ne vous eut pas plutost mis hors d'état de les reprimer, qu'ils triomphe-rent & oserent s'élever contre Homere & contre vous. Graces à Apollon, reprit Despreaux, Madame Dacier nous a assez vengé: notre cause ne pouvoit être en de meilleures mains; personne n'étoit si capable qu'elle de justifier Homere contre les Critiques peu sensées que l'ignorance & le mauvais goût ont fait naître dans ce dernier siecle. La maniere dont elle a répondu, dit Crantor, est d'autant plus surprenante, qu'il semble qu'une femme qui s'est appliquée toute sa vie à traduire & à faire des remarques, ne pouvoit pas avoir un style si vif, si leger & si vigoureux. Comment, dit Cliton, on ne peut rien de mieux; elle prend son adversaire de tous costez, on diroit que c'est un Forgeron qui apprête un morceau de fer; elle le remet cent fois sur l'enclume, le tourne, le retourne, le frappe de toute sa force, & il n'y a endroit dans tout cet Ouvrage que son marteau ne redresse. Son Livre a jetté la consternation dans le parti des Modernes, c'est un plaisir de les voir étonnez: leur Chef est extrêmément mortifié, il a beau dire, sa

contenance

contenance est forcée, il fait bonne mine quelque mauvais jeu qu'il ait. Il menace d'accabler sa Rivale; mais si ce qu'il prépare n'est pas meilleur que les trois Brochures qu'il vient de nous donner, il fera sagement de nous en épargner la lecture. Il se plaint d'abord des injures qu'on lui a dites. Il se jette ensuite sur le reste de la critique; & ne pouvant trouver des raisons, il s'efforce d'avoir de l'esprit; il affecte un flegme & un air content qui ne lui est pas plus naturel, que l'est un rôle plaisant à un mauvais Comedien qui a tous les sujets du monde d'être triste. Il me semble, poursuivit-il, que je vois représenter les Femmes Sçavantes. *M. Trissotin de l'esprit partout.*

On ne peut pas nier, repliqua Crantor, que M. de la Motte n'ait beaucoup d'esprit: c'est dommage qu'il se soit égaré: s'il avoit suivi le bon chemin, il auroit pû se flatter de faire plus qu'il n'a fait.

Je vous prie, reprit Despreaux en se tournant du côté de Crantor, de me faire voir le Livre de Madame Dacier: Crantor promit de le lui apporter, & le supplia à son tour de ne nous plus faire languir dans l'attente de l'Ouvrage dont il nous avoit fait esperer la lecture. Despreaux voulant bien nous donner cette satisfaction, commença ainsi.

EPITRE POSTHUME
A M. LE MARQUIS***

J'Aime à voir en ces lieux Bacchus avec Pomone,
Rassembler les plaisirs que la campagne donne :
Oüi charmé du repos qu'on ignore à la Cour,
J'attendrai, cher Marquis, pour presser mon retour,
Que les tristes frimats, enfans de la froidure,
Reviennent en Novembre engourdir la Nature.
Loin de mes envieux & du bruit de Paris,
Dans ma maison d'Auteüil je dors, je bois, je ris;
Tantost j'écris en Vers, tantost j'écris en Prose.
Là sans ambition contemplant toute chose;
Sans dettes, sans Procez, sans Femme, sans Enfans;
Rien ne sçauroit troubler les plaisirs que j'y prends.
Que Damis dans son Parc enrichi de statuës,
Regarde avec mépris mes poiriers, mes laituës,
Que tout boufi d'orgueil de son nouvel Emploi,
Ce ruse Partisan sans honneur & sans foi,
S'engraissant à l'abri du nom sacré du Prince,
Fasse pleuvoir chez lui tout l'or d'une Province.
Que le marbre & l'azur brillent dans son Palais;
Qu'il se voye obéi d'un peuple de valets;
Qu'en tout tems à grands frais sa table soit servie;
Son specieux bonheur ne me fait point d'envie.
Le calme aux yeux rians qui regne en ma maison,
Montre assez que mon cœur soumis à la raison,
Aime à se contenir dans de justes limites,
Et ne va point former de desirs illicites.
Par-là des soins cuisans les traits sont émoussez,
Et leurs noirs escadrons loin de moi repoussez.
Ainsi ni les remords, ni les affreuses craintes
Ne me font point sentir leurs cruelles atteintes,
Ni du luxe effronté les seduisans apas,
Ni l'âpre soif de l'or ne me tourmente pas.

On ne voit pas non plus la hideuſe lezine,
De ſon étique ſouffle infecter ma cuiſine;
Et ſiegeant triſtement ſur un froid potager,
Avec ſes doigts crochus m'arracher le manger
Car, Marquis, ne croi pas que je ſois au Village
Pour faire de la vie un ſi ſordide uſage:
Je veux avec honneur me ſervir de mon bien;
Oui, pour me contenter je n'épargnerai rien.
Ce n'eſt pas toutefois que d'humeur financiere,
Je veuille dépeupler & foreſt & riviere,
D'ortolans délicats me gorger les hyvers,
Et donner cent écus d'un litron de pois verds.
Chacun ſelon ſon bien doit regler ſa dépenſe:
C'eſt là ſur tout, c'eſt là qu'éclate la prudence.
Il eſt en toute choſe un doux temperamment,
Que le plus ou le moins détruit également.
Mais quoi, dira d'abord quelque vieillard avare,
Sçavons-nous les revers que le ſort nous prepare?
Sur ſes gardes toûjours l'homme doit ſe tenir,
Et d'un œil prévoïant penetrer l'avenir.
Si dans un corps uſé la goute nous alite;
Nous fuïons les Procez, ſi l'on nous en ſuſcite;
Si le feu par malheur ſe prend à nos maiſons;
S'il nous faut eſſuïer de fâcheuſes ſaiſons:
Dans ces preſſans beſoins que devenir, que faire?
Aller chez l'Uſurier expoſer ſa miſere,
Souffrir tous les travers d'un naturel quinteux,
Et s'apauvrir enfin par des emprunts honteux.
Moi que j'allaſſe ainſi diſſiper mes richeſſes?
Laiſſons faire aux * Barrus de pareilles baſſeſſes.
Et que diroient de moi mes pâles heritiers,
Me voyant engloutir maiſons, champs, fiefs entiers?
Ma mort ne leur laiſſant qu'un bien triſte & modique,
Bien loin de m'élever un tombeau magnifique,
Où l'airain pût tranſmettre à la poſterité
En termes faſtueux leurs ſoins & ma bonté:

* *Diſſipateur d'Horace.*

A peine ils marqueroient ma tombe vers la porte,
Et m'y feroient porter sans convoi.. Mais qu'importe
Qu'on vous ensevelisse ou plus prés ou plus loin,
Vous qui n'avez de vous maintenant aucun soin :
Vous craignez quand la mort aura sçu vous surprendre,
Qu'on ne respecte pas votre inutile cendre:
Songez plutost, bon homme, à jouir de vos biens.
Non, non, l'ambition d'enrichir tous les miens
Est le noble éguillon qui vivement me presse.
Courage, me dit-elle, accumulons sans cesse.
Le prodigue, il est vrai, fait grand'chere & grand feu,
Et je mets mon bonheur à me nourrir de peu.
En train, en mets exquis, il jouit des richesses;
Moi me sevrant de tout, j'en jouis en especes.
Avare, à quoi vous sert un sterile tresor?
Quoi donc n'osant toucher à ce vain amas d'or,
Vous endurez la faim, la soif & la froidure?
Par d'eternels soupçons vous donnant la torture,
Vous craignez à la fois le vol, l'embrasement.
Si le bien avec lui traîne tant de tourment,
J'aime mieux pour toujours n'avoir rien en partage.
O vous qui devorez des yeux mon heritage,
Neveux, Cousins, parens, je vous l'annonce au moins,
Je ne suis pas d'humeur à prendre tant de soins :
Car enfin je suis vieux, bien-tôt d'un coup funeste
La Parque va couper la trame qui me reste.
Ainsi prest à subir cette commune loi,
Loin de vivre pour vous, je veux vivre pour moi;
Me faire des tresors dont Pluton se contente,
Et qui puissent fléchir Eaque & Rhadamante.
Il me feroit beau voir sans meubles, sans habits,
Me nourrir tristement de fruit & de pain bis.
En vous laissant nos biens, nous sommes responsables
Des maux dont leur excès peut vous rendre coupables.
Souvent le trop de bien nous est pernicieux,
L'abondance a rendu les hommes vicieux :

Là

La molesse sa sœur nuit & jour nous amorce :
La mediocrité nous rend sages par force.
Or donc contentez-vous du peu de bien que j'ai ;
Le voici tel qu'il est, je vous le laisserai.
Entraîné par mon astre au bord de l'Hypocrene,
Et forcé dès quinze ans d'y boire à tasse pleine,
Je preferai l'étude au desir d'amasser ;
Ayant ainsi vécu, que puis-je vous laisser ?
Les zelez Courtisans des Filles de Memoire
Ne songent qu'à goûter les douceurs de la gloire,
Et par un Vers nombreux non encore chanté,
Qu'à se faire une route à l'immortalité.
Leurs esprits élevez au-dessus de la terre,
Ne vont point s'abaisser aux faux biens qu'elle enserre;
Toujours aiguillonez du desir de l'honneur,
Sur l'espoir d'un beau nom ils fondent leur bonheur.
Un peu de laurier verd dont Phebus les couronne,
Est tout ce qu'au Parnasse on promet & l'on donne.
Si loin d'être attiré par les chastes douceurs
Que répand à longs traits la troupe des neuf Sœurs,
Un Poëte animé d'un gain lâche & sordide,
N'avoit dans ses Chansons que l'interêt pour guide,
Les Muses en courroux lui glaceroient la voix :
De plus nobles motifs font rêver dans leurs bois,
Oui, pour pouvoir produire un immortel Ouvrage,
Il faut dans ses desirs qu'un Poëte soit sage :
La sagesse est la source & l'ame des beaux Vers ;
On ne respire qu'elle en ces bois toujours verds.
Content de peu, c'est là qu'on apprend à bien vivre,
Qu'on fuit ce qu'on doit fuir, qu'on suit ce qu'on doit suivre ;
Et sans se tourmenter sur l'aveugle avenir,
C'est là qu'on prend le tems selon qu'il veut venir.

Mais il faut l'avoüer, tous les hommes esclaves
Ne sont pas plutôt nez, qu'ils forgent leurs entraves.
En vain nous nous vantons dans nos rogues Ecrits,
A l'abri du sçavoir d'afranchir nos esprits,

Cet

Cet amour pour les Vers qui nous lie à l'étude,
Pour être un joug brillant, n'est pas un joug moins rude.
C'est une passion qui naissant au berceau,
S'accroît de jour en jour, & nous suit au tombeau;
Pour nous en delivrer il n'est point de remede;
L'importun Apollon nuit & jour nous obsede.
Sans égard pour le tems, sans respect pour le lieu,
Il nous faut obéïr aux fureurs de ce Dieu.
Triste condition que celle d'un Poëte!
Il est esclave né de sa verve indiscrete:
En vain pendant au croc & lyre & violon,
J'avois enfin promis de quitter Apollon;
De ne plus écouter ses Sœurs Enchanteresses;
Parjure à mes Lecteurs, j'ai faussé mes promesses;
Car sitôt que ce Dieu m'est revenu tenter,
A ses premiers efforts je n'ai pû resister.
C'est-là l'effet fatal d'un ascendant bizarre:
En cela le Poëte est semblable à l'Avare;
En vain l'un vous promet d'abandonner Phœbus,
Et l'autre jure en vain qu'il n'amassera plus.

L'attention que nous prêtions à ces Vers, nous empêcha de nous appercevoir de l'arrivée de trois Personnages venerables, qui demeurerent debout quelque tems derriere nous: le plus petit inspiroit beaucoup plus de respect que les deux autres, & je me sentis pour lui plus d'estime & de veneration. Cliton me dit que c'étoit Horace, & que les deux autres étoient Juvenal & Perse à la compagnie desquels Despreaux se plaît infiniment. Nous craignimes de leur être importuns, & après les avoir saluez, & remercié Despreaux, nous poursuivîmes notre route.

LIVRE

LIVRE IV.

NOUS avions devant nous de petites Isles couvertes de Saules, qui nous déroboient la vûë de l'autre côté du Permesse. Aprés avoir fait quelque pas, je fus tout à coup surpris de voir dans la plaine qui s'étend jusques au Mont Helicon, une prodigieuse quantité de gens: les uns alloient & venoient; d'autres s'attroupoient & parloient ensemble, & plusieurs étoient assis le long des bords du Fleuve. Je demandai à Crantor pourquoi cette affluance de monde: il me dit que c'étoit là l'endroit du sacré Vallon, où se rendoient en foule les Courtisans des Muses. Voyez-les voltiger de tous côtez.

Tels de nombreux Essains d'Abeilles diligentes,
Sortant dans les beaux jours de l'aimable Printems,
Voltigent dans les Prez sur mille fleurs brillantes;
Et d'un confus murmure ils remplissent les champs.
Ce Peuple, ce Vallon, ce Rivage tranquille,
Des lieux toûjours heureux, que nous décrit Virgile;
Sejour que le Cocyte arrose de son eau,
Offrent à nos regards un fidéle Tableau.

Je témoignay à Crantor l'envie que j'avois de voir de plus près tous ces Poëtes, sur

ſur tout nos François que j'étois bien aiſe de connoître. Nous ne ſommes pas loin, me dit-il, de la ſource du Fleuve, ſes eaux qui ſont là fort baſſes permettent de le gayer. il ſort du pied du Mont Helicon, & groſſit à meſure qu'il s'en éloigne, étant par tout ailleurs navigable. Il porte des bateaux faits ſur le modele de la Nef des Argonautes, & les Poëtes les conduiſent avec des rames qu'ils manient en cadence au ſon de la flûte & de la lyre. Il reçoit les eaux de l'Hypocrene & de Caſtalie & participe de leurs vertus : Ceux qui ſe lavent les mains dans ce Fleuve ſentent d'abord une demangeaiſon d'écrire ; & ceux qui boivent de ſes eaux éprouvent un enjoüement & une gayeté qui ne leur eſt pas ordinaire. Nous le gayâmes, & après l'avoir traverſé, Crantor nous mena au milieu de toute cette foule, & nous fit placer ſur un terraïn un peu élevé, afin de pouvoir mieux obſerver tout ce qui ſe paſſoit & diſcerner plus aiſément ceux qui s'offriroient à nos regards. Je veux, dit-il, vous montrer les plus illuſtres les uns après les autres.

Regardez cette troupe, au milieu de laquelle s'éleve cet homme ſi majeſtueux & ſi digne de regner ſur tous les autres, dont la couronne de laurier jette un éclat ſemblable à celui de l'or, c'eſt là le grand Homere

mere; s'il fut aveugle pendant sa vie, Apollon le penetrant du plus vivifiant de ses rayons, lui a rendu la vûë & donné l'immortalité.

Il raisonne avec Hesiode des mœurs des hommes & de la genealogie des Dieux. Musée, Linus, Orphée, que vous voyez à sa compagnie, quoique plus anciens que lui, reconnoissent sa superiorité. Il a à ses côtez son bon ami Eustathe & cette sçavante Femme, l'honneur de son sexe & de la France, qui non contente d'avoir rendu élegamment son Iliade en notre langue, vient de le défendre si bien contre ses Envieux. Son docte Epoux la suit & ne montre pas moins d'ardeur pour la gloire d'Homere. Voyez Aratus, Macer, Denis d'Halicarnasse, Helius Eobanus Hessus, leur nombre est trop grand pour vous les nommer tous, contentez-vous de sçavoir qu'il est entouré de presque tous les Sçavans qui l'ont le mieux commenté, traduit & imité. Il étoit juste qu'Homere le plus grand des Ecrivains, eût en plus grande quantité qu'aucun autre, des Traducteurs, des Commentateurs & des Imitateurs illustres: Mais ses mauvais Traducteurs n'ont garde de se mêler à la suite d'Homere, ils auroient trop de honte de paroître en sa presence.

Jettez les yeux un peu plus loin. Voyez

K Eschile

Eschile, Sophocle, Euripide, Corneille, Racine, ces illustres Tragiques. Pour moi, continua-t-il, je ne sçai si je ne me trompe, mais je trouve quelque chose de presque aussi grand dans nos François que dans les Grecs. Je suis de votre avis, repartit Cliton, & il me paroît que les deux excellens genies qui ont porté parmi nous ce genre d'écrire à un si haut degré de perfection, ont sçû joindre aux plus beaux traits des Grecs qu'ils ont imitez, de nouvelles beautez tirées de leur propre fond, & les aprochant de fort près, ils ont laissé fort loin derriere eux toutes les autres Nations.

Les Tragiques Latins, reprit Crantor, qui marchent après les fameux Originaux que je viens de vous montrer, sont Livius Andronicus, Marcus Pacuvius, Accius, Ennius, nous n'avons que quelques fragmens de leurs Ouvrages : Ennius avoit fait outre des Tragedies, dix-huit Livres d'Annales Romaines, & a été le premier des Latins qui ait employé les Vers heroïques, comme Livius Andronicus avoit été le premier à donner des Pieces de Theatre. On connoît à l'air d'Ennius, qu'il se croit fort au dessus de ses Contemporains.

Varius qui est à deux ou trois pas de ces anciens Tragiques, avoit fait [a] l'Astrée,

[a] Le Thyeste.

comme

comme Ovide avoit fait la Medée, les plus belles Tragedies qu'ayent eu les Latins, mais qui par malheur ne sont point venuës jusques à nous. Il ne nous reste que celles de Seneque qui les suit de loin, & dont les Pieces ne peuvent nous dédommager de la perte que nous avons faite.

Voici le fameux Lucrece, ce Poëte Philosophe, dont les beaux Vers font tant d'honneur à Epicure; il est accompagné de quatre Modernes, Palingenius, Aonius Paelarius, Sevole de Sainte Marthe, & Fracastor. Voilà aussi Varus duquel il ne nous reste presque plus rien.

Regardez, poursuivit-il, les Lyriques; Pindare est à leur tête; il est suivi d'Alcman, d'Alcée, de Simonide, de Bachilide, de Stesichore, de Sapho la Lesbiene, de Corine, d'Ibycus, de Phocilide & de Callimachus. Ce Vieillard vigoureux sur le visage duquel brille une joye si vive & si douce tout ensemble, est Anacreon le pere des Chansons Bacchiques & amoureuses. Horace, comme vous sçavez, est à cette heure avec Despreaux, il a laissé ici la troupe choisie de ses Imitateurs; ils paroissent inquiets de son absence, particulierement ceux qui ont fait des Odes Latines, comme Jean de la Casa, Buchanan, Casimir, Sarbiewschi, Charles Duperier, Livinus Torrentius, le Pere

Pere Balde, Marc Duncan, Santeüil, Commire, Huet.

Mais voilà Malherbe, le Prince des Lyriques François, à qui notre Poëſie a tant d'obligation; il s'entretient avec Racan ſon illuſtre Diſciple. Remarquez comme Theophile ſe tient éloigné d'eux par reſpect.

Qui eſt cet atrabilaire, dis je à Crantor, que tous les autres ſemblent fuir; c'eſt, me répondit-il, le Grec Archiloque, l'inventeur des Vers Iambes, ſi craint pour les traits envenimez de ſa noire mediſance.

Je vis en même tems deux hommes qui ſe tenoient par le bras, & qui me paroiſſoient être d'une grande intelligence. Je m'informai de Crantor qui ils étoient, l'un eſt Quinaut, me dit-il, le Phenix de la Poëſie chantante, & l'autre le nouvel Amphion. Ils ſont ſi fortement unis, qu'ils ne peuvent vivre l'un ſans l'autre: ils connoiſſent leurs interêts, repliqua Cliton, ſur tout Quinaut, qui perdroit la moitié de ſon prix, s'il alloit ſe ſeparer de Lulli.

Voyez, reprit Crantor, Lucile & Regnier, qui cherchent Horace & Deſpreaux, pour ſe conjoüir avec eux du haut degré de perfection où ils ont porté le ſtile ſatyrique: remarquez comme ce Poëte Italien nommé le Bernia [a] eſt empreſſé, il cherche pour

a *Boccalinus Reggualiodi Parnaſo Centuria* 1. *Ragg.* 60 *pag.* 264.

un sujet bien different Perse & Juvenal, il veut leur faire un défi, à qui chacun dans sa Langue composera mieux une Satyre.

Tournez un moment vos yeux de mon côté, me dit Cliton, pour voir deux orgueilleux, dont la démarche guindée ressemble assez à celle des Paons, lorsqu'ils font la rouë; le premier est le Declamateur Lucain, & l'autre son fidéle Traducteur Brebeuf.

Et ces deux autres, ajoûtai-je, qui me paroissent si plaisamment folâtres: Ce sont, me répondit Cliton, deux Poëtes burlesques, notre Scaron & Lalli son modéle.

Je veux, me dit alors Crantor, vous faire connoître les Orateurs & les autres Ecrivains en Prose, qui ont eu le plus de reputation. Ils se sont rassemblez dans l'endroit que vous voyez, où ils raisonnent des differens genres d'éloquence. Demosthenes le plus vehement de tous, est celui dont les yeux sont si pleins de feu & qui paroît être si animé. Ciceron est à son côté: remarquez comme il conserve sa gravité de Consul Romain. Celui-ci est le divin Platon, ces deux Pericles & Phocion, le quatriéme Isocrate, le cinquiéme Tucidide, le sixiéme Quintilien, & les autres Tite-Live, Saluste, Tacite, les deux Plines.

Il me semble, dis je à Crantor, que je

vois parmi eux des gens vétus à notre maniere. Ce sont, me répondit-il, nos Orateurs & nos meilleurs Ecrivains François : voila Bourdaloüe, Pascal, Arnaud, Sacy, Nicole, le Maître, Patru, Flechier, la Bruiere, la Rochefoucault, Vaugelas, d'Ablancourt, l'illustre Fenelon, & son fameux Antagoniste Bossuet. Celui à qui vous voïez si fort ouvrir la bouche, comme si en effet il falloit une plus grande ouverture pour laisser passer les hyperboles outrées qu'il debite, c'est Balsac : il conserve neanmoins à travers l'enflure de ses pensées une pureté de langage qui a servi de regle aux Auteurs qui sont venus après lui. Voici Bussi, S. Evremont, Fleury, Valincour, Massillon, Daniel, Mascaron, Marsollier, la Ruë, Bouhours.

Qui sont, lui dis-je, ces Femmes qui viennent ensuite? Ce sont, me dit-il, les Femmes illustres de notre Nation; cette grande est Melle de Scuderi, celle-ci Me Deshoulieres, celle-là Me la Comtesse de la Suze, la seule qui parmi nous ait réussi à l'Elegie; ces deux autres sont Melle de la Vigne, Me de Villedieu : voila Me de la Fayete qui a travaillé avec Segrais aux beaux Romans de Zaïde & de la Princesse de Cleves.

Tournons-nous à present sur la gauche, continua-t-il, & considerons ce qui s'y passe : ces onze personnages dont l'aspect agréable inspire la joye, sont les excellens originaux que la Scene Comique a produit. Quatre Grecs, Eupolis, Cratinus, Menandre dont il ne nous reste que quelques fragmens, & Aristophanes dont nous avons onze Comedies.

Six Latins, Cecilius, Nævius, Affranius & Publius Syrus Poëte Mimique, desquels nous n'avons que très-peu de Vers. Plaute & Terence dont vous connoissez les Ouvrages, & notre incomparable Moliere pour lequel les dix autres paroissent avoir de si grands égards.

Voïez, poursuivit Crantor, sur les bords du Fleuve les Poëtes d'Eclogues & d'Idiles, Theocrite, Bion, Moschus & Segrais : Virgile se plaît à s'entretenir quelquefois avec eux.

Les Poëtes Elegiaques sont ceux que vous voïez arrêtez sous ces Mirthes ; remarquez comme Ovide tient les yeux baissez ; il a été toujours fort triste depuis son exil. Tibulle est ce jeune homme aimable dont la bonne mine répond aux sentimens genereux & delicats de son ame. Properce est en conversation avec [a] Gallus. Les autres qui les accompagnent, sont les Poëtes d'entre les Modernes qui ont le mieux imité la tendresse de leur style, Lotichius, Jean Second, Hoschius,

a. *Cornelius Gallus.*

 Daniel

Daniel Heinsius & Baltasar Castiglione.

Je fus frapé de l'air enjoüé de quelques personnes qui étoient auprès de nous : Cliton qui s'aperçut que je les considerois avec quelque satisfaction ; Je ne m'étonne pas, me dit-il, que la vûë de ces Auteurs aït pour vous des charmes, ils ont fait le plaisir & l'agrément de leurs siecles : leur esprit galant a possedé l'art de badiner avec grace. Vous voïez là Catulle, Marot, Passerat, Bonnefons, Voiture, Sarrasin, Pelisson, Chapelle ; la Fontaine est celui qui paroît rêveur & silentieux, il a Esope & Phedre à ses côtez. Voila Chaulieu & son ami la Fare, Benserade, Pavillon & Ferrand viennent ensuite : ceux qui rient ensemble sont les Poëtes de Madrigaux & d'Epigrammes, Martial, Mainard, la Sabliere, Jean Owen, & le Chevalier de Cailli.

Aprenez-moi, dis je à Crantor, qui sont ceux qui marchent si gravement : ce sont, me dit il, des Italiens & des Espagnols : celui là est le Tasse Poëte Epique, celui-ci Petrarque, ces autres le Dante, l'Arioste, le Tassoni, le Guarini, le Cavalier Marin, le Testi, le Ciampoli, Anibal Caro, le Caporali, le Boccalini, le Laid Chiabrera, Cesarini, Boccace, l'Achillini, le Preti, le Bruni.

Voila Miguel de Cervantes, l'Auteur de Don

Don Guichote, Lopé de Vega, l'Auteur le plus fertile en Pieces de Theatre qui ait jamais été. Voici Jean de Mena, qui le premier a cultivé la Poësie Espagnole : Regardez le fameux Comique Don Pedre Calderon, Antoine Hutarde aussi Poëte Comique, le Gongora, Garcillasso, Salas Bardadillo, Lopes de Zarate, & les deux Argensola d'Arragon. Ce borgne si fier & si gueux, est le Camoes Portugais, qui a fait le Poëme des Lusiades. Cet autre est Georges de Montemajor, l'Auteur du Roman de la Diane. Tout le reste de cette multitude qui les suit, sont presque tous des Poëtes Italiens, il seroit inutile de vous les nommer, contentez vous de sçavoir que cette Nation a d'un seul article plus de cent Poëtes Epiques.

J'apperçus tout à coup un homme qui se debatoit pour s'arracher d'entre les mains d'une troupe d'autres qui prétendoient le retenir avec eux, c'étoit Campistron, que la Fosse, Crebillon, Nadal, Boyer, Coras, la Grange, Pelegrin, les Auteurs de Jules Cesar, de Mahomet II. de Caton, d'Otton, &c. s'éforçoient d'arrêter à leur compagnie toutes les fois qu'ils le rencontroient; mais ce Tragique ne vouloit point de familiarité avec ces Poëtes, ausquels il se croyoit superieur ; & se rendant justice, il alla se placer fort loin au

dessous

dessous de Tristan, de Rotrou, de Meiret & de Thomas Corneille.

Regardez à present, me dit Crantor, la foule de nos nouveaux faiseurs d'Odes. On comprend aisément à leur maintien combien ils sont contens d'eux-mêmes. Les uns ont remporté des prix à l'Academie Françoise, les autres à celle des Jeux Floraux; plusieurs tirent vanité d'avoir quelques unes de leurs strophes placées dans les Journaux : je n'aurois jamais fait si je voulois vous les faire tous remarquer, aussi bien que la troupe vile des Rimailleurs, des Faiseurs de Romans, & des Auteurs de tant d'autres mauvais Livres, dont l'avidité des Libraires inonde Paris, à la honte du bon goût & de la raison.

Nous vîmes alors passer une fort plaisante espece de gens, ils portoient devant eux des Cassettes penduës à leur col pleines de toutes sortes d'Ouvrages de Poësie & de Prose, & avec des tons de voix aussi étourdissans & aussi burlesques que ceux des Colporteurs, ils prônoient de leur mieux leurs Marchandises : les uns crioient Sonnets, Rondeaux; les autres Epigrammes, Madrigaux, Chansonnettes, qui en veut à qui en veut : Quelques-uns presentoient des Eclogues, des Elegies, des Odes & des Epîtres Dedicatoires, & invitoient le monde de à en acheter : Qui veut, crioient ceux-là, un Portrait d'Iris, un Caprice sur l'Amour ; & ceux-ci, Oraisons Funebres, Panegyriques, & vîte, que les jeunes Predicateurs s'avancent, nous en faisons bon marché. Cliton me dit que c'étoit là les petits Merciers de cette contrée, des Auteurs affamez qui cherchent à vivre des productions de leur plume venale en poursuivant les passans.

Pendant que j'étois occupé à considerer tout ce Peuple, l'illustre Durfé qui venoit d'aprendre l'injure que lui avoit fait l'Auteur de la Nouvelle Astrée, s'étoit avancé pour tâcher de le démêler parmi cette multitude.

Crantor comprenant à l'air de Durfé, ce qui s'alloit passer, ne le vit pas plutôt près de la personne qu'il cherchoit, qu'il nous fit abandonner notre poste, pour aller être témoins d'une mercuriale, qui selon toutes les aparences devoit être plaisante. Nous arrivâmes dans le tems que Durfé apostrophoit son Traducteur de la sorte. Je vous trouve plaisant d'avoir voulu me corriger. C'étoit bien à vous vrayment à former un pareil dessein. Mon langage n'étoit plus à la mode, vous le trouviez vieilli. Il s'en faut bien qu'il soit aussi vieux que celui d'Amiot. Cependant comment a-t-on réussi à le reformer ?

former ? L'exemple de son fade Traducteur devoit vous avoir apris le succès que meritoit votre temerité. Vous ne vous êtes pas contenté de retrancher quelques endroits qui vous ont paru libres ; vous avez dépoüillé mon Ouvrage de tout ce qui regardoit la Theologie, la Politique, la Medecine, vous en avez biffé les Pieces de Poësies & ôté tous les Personnages que vous avez cru inutiles. Les grands Auteurs ne sont donc plus à l'abri de l'insolence des mediocres ? Et il ne dépendra que de ces derniers de nous reformer à leur guise ? Depuis quand souffre-t-on ici de pareils attentats ? J'aprens qu'on n'a pas plus épargné Homere : il ne sera pas dit que ceci se passe de la sorte, je veux aller exciter son indignation, & l'obliger à demander à Apollon une vengeance exemplaire de l'affront qu'on nous a fait à l'un & à l'autre.

Je pourrois vous répondre, dit d'un air confus à Durfé, l'Auteur de la Nouvelle Astrée ; mais on s'attroupe autour de nous, je n'aime pas les éclats : Adieu, vous pouvez crier seul tant qu'il vous plaira.

Alors Cliton fut accosté par un homme à qui Crantor ne fit pas un grand accueil. Je demandai à ce dernier qui il étoit : il me répondit, qu'il se nommoit Rousseau. J'en ai oüi parler, lui dis-je, comme d'un homme

homme de beaucoup d'esprit ; mais fort dangereux, il n'a pourtant pas la mine d'être aussi méchant qu'on le fait.

Je ne croyois pas, lui dit Cliton, de vous trouver ici. J'ai été banni de France, repartit Rousseau, mais non pas du Parnasse. Ces beaux lieux ont pour moi tant d'agrémens, qu'ils me font presque oublier mon exil.

Les disgraces, dit Crantor, donnent de plus utiles leçons de sagesse, & apprennent mieux à bien vivre que les preceptes des plus grands Philosophes. Ainsi je ne doute pas que votre malheur n'ait mis un frein à cette verve maligne qui vous a fait attaquer tant d'honnêtes gens. Quoi, lui répondit Rousseau, vous seriez aussi de ceux qui me croïent l'Auteur infame de tous les Vers Satiriques qu'on m'attribuë ? Il me semble que je m'en suis assez bien disculpé.... N'entrons point là dedans, dit Cliton, je serois plus curieux de quelque nouvelle Epigramme de votre façon, que d'une pareille justification. Ne vous amusez vous plus à ce genre d'écrire ? Pardonnez-moi, dit Rousseau, j'en achevois une quand je vous ai rencontré : je suis bien aise de vous la dire, pour montrer à Crantor que je sçais puiser ma matiere autre part que dans des sujets malins ou licencieux.

EPIGRAMME.

AMi, veux-tu laisser roüiller tes traits?
Te manque-t-il de nez à camouflets?
Onc de Rimeurs ne fut telle legende.
Ça croniquons : mais par qui commencer?
A qui l'honneur? à qui? Belle demande:
A cil qui sçut tant d'Odes rapiecer.
Nenni, parbieu, celui-là peut tout faire:
Car du public, c'est l'Auteur bien-aimé.
Ne vient-il pas d'estropier Homere,
Et dans Paris est-il moins estimé?

Voila, dis-je à Crantor, une Epigramme qui sent bien encore le terroir. Nous vîmes tout à coup arriver la Motte accompagné d'une longue suite de ses Partisans. Il étoit précedé de Terrasson, de Rochebrune, & des petits Abbez de Pons, & Dujarri, qui ont embrassé sa défense avec tant de zele, & qui brûloient encore de se signaler à son honneur. On voïoit venir après lui Chapelain, Scuderi, Demarests, S. Sorlin, S. Amant, Perrault, qui combloient de loüanges celui qui les a si bien secondé. Que ne lui devons-nous pas, disoient S. Sorlin & Perrault, pour avoir reveillé & soûtenu notre querelle? Crantor me faisoit connoître tous ces Auteurs les uns aprés les autres.

La Motte étoit venu chercher Ronsard & ses contemporains pour les mettre de son

parti;

parti ; se flattant de les gagner, particulierement Ronsard, tout devoüé qu'il étoit aux Anciens, fondé sur certain rapott qu'on l'avoit assûré d'avoir avec ce vieux Auteur. Ronsard parut bien-tôt à la tête de Dubellai, de Deportes, de Bertaut, de Belleau, de Dubartas, de Grevin, de Jodelle, de Garnier, de Baif, de Melin de saint Gelais, qui étoient suivis de nos vieux Romanciers, Guy de Champagne, Guillaume de Loris, Jean de Meun dit Clopinel, Alein Chartier, Guyot de Provins.

Ronsard & la Motte s'approcherent l'un de l'autre, & la Motte lui adressa ces paroles.

Chef illustre de la docte Pleyade qui fit jadis l'honneur des Muses Françoises, toi qui regnois souverainement sur les Poëtes Lyriques de ton tems, pourrois-tu voir outrager le Prince des Lyriques d'aujourd'hui, sans le secourir ? Si j'ai toûjours été fidele à ton style, si renversant toutes les regles, j'ai, *en ne prenant l'ordre de personne* [a], osé faire un art à ma mode, comme tu en avois fait un à la tienne, ne souffre pas qu'une fiere ennemie me dégrade & m'arrache des mains ce sceptre que des Journalistes & *de celebres* [b] *Professeurs de Rhetorique & d'humanitez* m'ont donné à si juste titre : que ton amour pour les

a *Phrase à la mode.*
b *De la 3. broch. de M. D. L. M. pag. 18. & 19.*

les Anciens ne te fasse pas prendre faussement le change; il s'agit plus ici de ta gloire que de celle d'Homere : on ne s'efforce de relever ses Ecrits, que *pour temperer l'excès mortifiant du brillant éclat des nôtres.* [a] Ce sont tes Vers qui m'ont servi de modele qu'on attaque dans mes ouvrages. Je ne viens point te surprendre ; demande à ces fameux Poëtes qui me suivent, si je ne te dis pas la verité. Mon parti est redoutable : oüi, le nombre de mes Sectateurs declarez est moindre que celui de mes Partisans secrets qui n'attendent que ton sentiment pour paroître. Je te promets la Province & plus des trois quarts de tout ce qu'il y a de meilleur à Paris.

Ronsard lui répondit ainsi : Mon Fils, tes Odes m'avoient fait concevoir beaucoup d'esperance. Je crus que les Destins amis t'avoient enfin envoyé pour retirer ma gloire du tombeau. Je trouvois en toi un digne imitateur de cette rudesse & de cette obscurité qu'on me reproche, & qui n'est autre chose que cette nerveuse majesté & ce faste pompeux que demande ce genre de Poësie. En effet, à part l'invention & le feu que tu n'as pas, & cette affluance de pointes que tu as de trop ; il ne te manquoit pour me ressembler en tout le reste, que d'employer les termes de *Charites d'Homere*, de *Guerriere* *Cassandre*

[a] *Phrase à la mode.*

aſſandre, de Dolope Soudart, d'Ecumiere Fil-e, & d'Archerot Vainqueur. Mais helas! dans e tems que je me flatois que tu tâchois d'acuerir par la lecture des Anciens, de ſi bel-es connoiſſances, tu t'éleves contre Home-e, contre Homere, cruel! & tu oſes eſpe-er mon ſecours, moi qui aimai ſi fort à nontrer l'amour que j'avois pour les Grecs, & particulierement pour Homere: aujourd'hui que je connois encore mieux combien en effet il eſt grand, & combien je l'aurois été moi-même, ſi j'avois bien ſçu l'imiter, aujourd'hui je pourrois le trahir, & tu m'as cru capable de cette lâcheté? Va je te renonce pour mon Diſciple; & ſi tu ne chantes pas bien-tôt la Palinodie à la face du Parnaſſe, puiſſent les Muſes outrées de colere, t'aveugler entierement, & les nouveaux Poëtes t'apeller dans leurs Ouvrages Tamiris le Pariſien.

Il dit, & il le laiſſa auſſi étourdi du coup, que s'il avoit été touché de la foudre. Son trouble nous réjoüit, & Rouſſeau ne put s'empêcher d'éclater de rire. La Motte le reconnut au ſon de ſa voix, & prévenu que Madame Dacier s'étoit liguée avec tous ſes ennemis, il s'imagina qu'elle lui avoit envoyé Rouſſeau pour l'inſulter, & d'un ton d'Oreſte en furie, il lui cria.

Quoi ! perfide Rousseau, je te rencontre encore ?
Trouverai-je par tout un Rival que j'abhorre ?
Haï, chassé, proscrit, comment t'es-tu sauvé ?
Tien, tien, voila le coup que je t'ai reservé :
Mais je vois la Dacier, la cruelle l'embrasse,
Elle vient l'arracher au coup qui le menace.
Dieux, quels affreux regards elle jette sur moi !
Quels redoutables foüets traîne-t-elle après soi !
Eh bien, pour m'accabler aprêtes-tu ta plume ?
Pour qui sont ces sifflets, ces longs flots d'amertume,
Et de tant de brocards l'apareil qui te suit ?
Veux-tu plonger mon nom dans l'éternelle nuit ?
Vien, j'ai trop de courage, & ma cause est trop bonne,
A ta vaine fureur ma Muse s'abandonne ;
Et sans plaindre les Vers qu'on te voit déchirer,
Te prépare un Poëme encore à devorer.

Ah ! dit Rousseau, la belle saillie ! l'effet n'en seroit il point dû *à quelque coup de Soleil ?* [a] ou si vous n'avez simplement prétendu que reparer par la noblesse de cette Parodie, la bassesse de celle [b] que vous avez faite du discours d'Hector à ses chevaux. Mais pourquoi mêler ici Madame Dacier, qu'a-t-elle de commun avec moi ? Je le vois bien, votre imagination troublée vous la presente sans cesse attachée à vous poursuivre. Vous auriez pû ajoûter au rôle de l'Oreste de Racine, ce trait de celui d'Euripide.

Où

a *M. D. L. Motte dit en voulant faire le plaisant, que l'Iliade est dûe à un coup de Soleil.* 1. Broch. p. 26.

b *De la seconde Broch. de M. D. L. M. p.* 24. & 25.

Où fuirai-je ? elle vient, je la vois, je suis mort.

Vous vous êtes embarqué sur une mer où l'on va vous faire voir bien du païs : Vous deviez vous contenter de la reputation que vous aviez acquise bien ou mal, *par vos amplifications de College jettées toutes dans le même moule, & où tout se ressemble, parce que tout y est dit du même air & exprimé* [a] *de la même maniere.* Qu'apellez-vous, dit la Motte, d'amplification de College ? Je voudrois bien sçavoir si vos Odes sont meilleures que les miennes. Continuez sur tout à nous donner des Comedies & des Opera, c'est votre grand talent, & le Public les reçoit avec beaucoup d'empressement.

Rousseau piqué au vif du mépris que la Motte faisoit de ses Ouvrages, alloit, pour l'empêcher de poursuivre, débonder en injures, & peut-être en seroit il venu à quelque chose de pis, sans la presence de Virgile, que le hazard avoit conduit de notre côté. Son air majestueux me parut presque égaler celui d'Homere, Crantor m'aprit avec son nom ceux de toutes les personnes qui l'accompagnoient. Il me fit connoître, Stace, Sillius Italicus, Claudien, Sannazar, Vida, Rapin, Vaniere, Saint Genies. Le

 vif

a *De la Préface de Rousseau.*

vif éclat qui ſortoit de la couronne de lauriers de Virgile, avoit diſſipé l'animoſité de nos deux champions, & fait ſucceder le reſpect à la colere. La Motte s'aprocha humblement de lui & le ſupplia de vouloir l'écouter. Mais le divin Virgile qui avoit ſi bien imité les plus beaux traits du Prince des Poëtes, principalement le ſilence d'Ajax aux Enfers, en la perſonne de ſa Didon, crut qu'il ne pouvoit mieux faire, pour témoigner ſon indignation en plein Vallon, que d'en donner lui-même un nouvel exemple; & regardant la Motte d'un œil dédaigneux, il lui tourna le dos & continua ſon chemin, ſans lui répondre une ſeule parole.

LIVRE

LIVRE V.

CRANTOR me proposa d'aller visiter le Sçavant [a] qu'Apollon a mis à la tête de la Republique des Lettres de notre Nation. Tout nouveau venu, lui doit, dit-il, cet hommage. Vous me prévenez, lui répondis-je, je voulois vous prier de m'y conduire. J'ai oüi parler si avantageusement de cet illustre Mecene, que j'ai une extrême envie de le voir. Nous marchâmes du côté du Mont Helicon : nous rencontrions de tems en tems des pelotons de Poëtes qui se lisoient leurs Ouvrages, sans exiger les uns des autres que des loüanges, ne se permettant en aucune sorte la liberté de se dire leurs sentimens. Cliton me les fit remarquer, je ris en moi-même de leur manie, me ressouvenant d'avoir été quelquefois témoin de semblables scenes.

Nous aperçumes de loin sur notre droite le Château enchanté des Situles. [b] Vous avez, je m'assure, me dit Cliton, oüi souvent vanter les charmes de cet aimable sejour

a *M. l'Abbé Bignon.*
b *Le Château de Seaux.*

jour : il y regne un Dieu & une Deesse, qui rassemblent dans leurs personnes les attributs de la sage Minerve, tiennent Cour pleniere de tous les beaux Arts. Apollon & les Muses se plaisent à quitter quelquefois le bois sacré de l'Helicon leur plus chere demeure, pour joüir des plaisirs qui naissent en foule dans ces agreables lieux. Deux de leurs Favoris [a] en ont l'Intendance : heureux qui peut être admis dans ce glorieux azile, & être honoré par les mains de la Deesse de l'Ordre celebre de la Mouche à miel.

Crantor fut tout à coup abordé par une espece de petit Maître, qui lui sautant au col, lui dit plus de vingt fois : *Mon cher, Dieu me damne, & la peste m'étouffe*, dans un compliment de quelques mots. Je vis Crantor & Cliton bien empêchez ; ils sçavoient que le personnage avoit la bonne coûtume de se prendre d'amitié pour tous ceux qu'il rencontroit, il s'attachoit, il se colloit à eux, & toutes les affaires du monde ne lui pouvoient faire lâcher prise ; du reste homme de condition, de ces Marquis qui font à leur lever un Madrigal *pour Aminte*, ou une Epigramme *pour Philis*.

Je ne sçais mon cher, dit-il à Crantor, où

[a] *Mrs. Malezieux & Genes.*

où j'en suis, j'ai la tête rompuë de cent raisonnemens frivoles dont je me ſerois bien paſſé. Je tombai hier dans une embuſcade de Partiſans des Anciens, qui ne ceſſerent de me parler de l'injuſtice qu'on fait à Homere, & j'ai été tout aujourd'hui avec des Modernes qui m'ont étourdi de ſes défauts, Les uns & les autres ſont bien fous, dequoi vont-ils s'inquieter? Il faut pourtant rendre juſtice à ces derniers, ils m'ont paru raiſonnables, & je les tiens de fort honnêtes gens. Mais pour les autres, ce ſont, Dieu me damne, des impolis. Où auroient-ils apris à vivre les bonnes gens? C'eſt le beau monde qui donne les belles manieres, & ils ne voyent que des Bibliotéques. Les Modernes frequentent les Cafés, les ruelles, ont aprend là ce qu'on ne trouve point dans les Livres, & cette ſcience vaut plus que tout ce fatras de Grec & de Latin. Qui dit Sçavant, dit Pedant: Ces mots ſont ſynonimes, je dis parmi les gens du bel air.

Pour revenir aux adorateurs des Anciens, j'en fus hier aſſailli chez une Dame de qualité que j'étois allé voir par complaiſance. A vous parler confidemment, j'ai cinq ou ſix de ces femmes ſur les bras qui me peſent furieuſement : on eſt fait d'un certain air; vous comprenez? Après avoir eſſuyé, comme je l'ai d'abord dit, tous les mauvais diſcours

discours qu'ils employerent pour défendre Homere, je crus qu'à leur tour ils voudroient bien entendre quelques-uns de mes Vers. A peine m'écouterent-ils, pas le moindre compliment : je m'attendois à quelque gracieuseté de leur part, comme par exemple : Cela est admirable! voila qui est divin! & cent autres choses qu'on dit à un galant homme : Parbleu, quand un Cavalier comme moi, fait tant que d'honorer la Poësie en voulant bien la cultiver quelquefois, on devroit lui en sçavoir un peu plus de gré. Je ne serois pas demeuré en arriere de civilitez, ni même de services en tems & lieu : j'aurois fait valoir leurs Ouvrages de tout mon pouvoir; on a quelque credit : & je puis dire sans vanité, que c'est moi qui à l'Opera & à la Comedie, donne le ton aux Loges & au Parterre. Ma contenance est la boussole de leur jugement, & j'ai fait tomber plus de vingt Pieces en ma vie, qui auroient réüssi de reste, si j'avois fait le moindre semblant de les aprouver. Croyez-vous que dans la dispute d'aujourd'hui mon sentiment ne fût pas de quelque poids, & que mis contre les anciens dans la balance, il n'en fist pas perdre l'équilibre? Bien leur en prend que j'aime mon repos & que je ne veux entrer dans aucun parti : les Modernes m'ont souvent fait tâter pour être des leurs,

leurs, j'ai toûjours resisté à la tentation; car à dire le vrai, je pencherois fort de leur côté; mais j'ai des amis dans les deux partis, & je ne veux desobliger personne. Quand ce ne seroit que vous, mon cher, dit-il à Crantor, je vous sçais un peu coëfé des Anciens, mais je ne vous en aime pas moins. Laissons donc toutes ces disputes qui ne font qu'aigrir les esprits, & parlons de choses qui valent mieux: dites-nous quelque petit Ouvrage de votre façon.

Cliton pria Crantor de nous vouloir reciter l'imitation qu'il avoit fait de la neuviéme Satyre d'Horace, s'imaginant que ce seroit un moyen seur pour nous débarasser de ce Fâcheux. Crantor comprit la ruse de Cliton, & ayant moderé sa marche: Voici, dit il, une Satyre que je fis environ deux ou trois ans avant la mort de notre ami Despreaux: il la trouva assez bien, je me flatte qu'elle sera de votre goût.

SATYRE.

QU'un importun nous livre à de peines cruelles!
L'esprit tout occupé de pures bagatelles:
Je marchois l'autre jour d'un pas tranquile & lent,
Quand le rogue heritier d'un Commis opulent,
Semblable au faux Marquis qu'a peint jadis Moliere,
Barboüillé de Tabac d'une étrange maniere,
Et tenant par ses airs la moitié du chemin,
Pour mes pechez m'aborde au Fauxbourg S. Germain:

Ah! mon cher, me dit-il, souffrez que je vous baise;
De vous avoir trouvé, bon Dieu, que je suis aise!
Où portez-vous vos pas, est-ce chez quelque Iris?
Car vous autres Auteurs, vous courez tout Paris.
J'ai prêté mon Carosse au Vicomte Dorante;
Cette façon d'aller est assez indecente:
On ne voit point à pied des gens faits comme nous;
Mais je m'y resoudrai pour marcher avec vous.
Puisque mon bon destin aujourd'hui nous assemble,
Je ne vous quitte plus & nous irons ensemble.
Moi qui le connois peu, surpris du compliment:
Je vous suis obligé, lui dis-je froidement,
Je vais rendre visite à certaine personne.....
C'est un de ces Sçavans.... un Docteur de Sorbonne,
Homme un peu misantrope, & qui s'est tout exprès
Logé pour fuir les gens dans le fond du Marais.
Tant mieux, je marche bien & je n'ai rien à faire...!
A ces mots, maudissant la fortune contraire,
Je marche, je me hâte; & crevant de dépit,
Je fais la sourde oreille à tout ce qu'il me dit:
Il me suit; & confus de mon indifférence,
Mon Fâcheux quelque tems imite mon silence;
Mais à son naturel tout à coup revenu,
Dieu sçait de quel propos je fus entretenu.
Vous voulez m'échaper & je vous embarasse:
Mais en vain, d'aujourd'hui je ne vous ferai grace:
Ignorez-vous, mon cher, qu'on m'estime à la Cour,
Et que je pourrois bien vous y servir un jour?
Il faut que desormais nous nous rendions visite,
Je ne vous offre pas un ami sans merite:
Je fais d'assez bons Vers, soit dit sans vanité,
Et même je les fais avec rapidité.
Un goût exquis & sûr me tient lieu de science,
Je decide de tout mieux que Marquis de France:
Je chante avec justesse & danse, on ne peut mieux.
De mon agilité Balon est envieux:
Je declame il faut voir: j'ai le ton, l'air, le geste,

Et

Et j'enleve sur tout dans les fureurs d'Oreste.
Aussi tous les matins vingt Poëtes nouveaux
Viennent me reciter leurs endroits les plus beaux :
Mon fort est de juger des Pieces de Theatre,
Pelegrin en a fait dont je suis idolâtre.
Que dites-vous aussi de l'Auteur de Brutus,
Avez-vous vû joüer Herode & Manlius ?
Intrigues, sentimens, expressions hardies,
Ce sont là sans mentir de belles Tragedies
Que tout homme d'esprit devroit sçavoir par cœur ;
Crebillon montre encore une noble vigueur.
  Cependant irrité d'un goût si detestable,
J'envoyois mon Fâcheux & ses Auteurs au diable ;
Et pour me délivrer d'un si triste entretien,
J'eusse donné je crois la moitié de mon bien.
  La Comedie aussi, poursuit-il, a ses charmes
Aux Pieces de Dancourt je ris jusques aux larmes ;
Il est fin, delicat, & sçait faire à la fois
Le plaisir du Marquis & celui du Bourgeois.
Renard sur tout formé sur d'excellens modéles
Montre un beau naturel & des graces nouvelles,
Ils ont Moliere & lui deux stiles differens ;
Mais l'un charme le peuple, & l'autre plait aux Grands :
D'une belle Ode encore je prise l'harmonie,
Mais je n'y puis souffrir ces fougues de genie,
La Motte sans aller se guinder dans les airs,
Rase d'un vol égal la terre dans ses Vers.
L'Academie en corps adopte ses Ouvrages,
Nos Journaux de ses Vers enrichissent leurs pages.
Même s'ils en sont crûs, Malherbe si vanté
Ne marcha pas si vîte à l'immortalité.
En vain le sentiment des Partisans d'Homere
Veut ne trouver en lui qu'un Poëte vulgaire,
Il imite les Grecs, & c'est avec tant d'art,
Que Pindare à mon gré n'approche pas d'Houdart.
Mais vous ne dites mot... Je vous prête l'oreille,

Vous

Vous maniez, Monsieur, l'ironie à merveille:
Je veux mourir, dit-il, si je prétens railler.
Moi, blâmer ces esprits que Paris voit briller?
Les mettez-vous au rang de ces Auteurs qu'amene
Un lâche amour du gain sur les bords de la Seine,
Flattez du vain espoir qu'en fait d'Impression,
Pour l'avide public tout est tentation.
C'est contre ces Cotins que je voudrois écrire,
Si j'avois comme vous l'esprit de la Satire:
Car enfin Despreaux va bien-tôt nous quitter;
Sa gloire à ce bel art devroit vous exciter:
Paris sera pour vous, osez prendre sa place:
De nos nouveaux Pradons nettoyez le Parnasse,
Ne laissez pas en proye à de fades Auteurs
L'estime ni l'argent des credules Lecteurs.
Qui moi sans autre aveu m'érigeant en Critique,
Que j'aille me charger de la haine publique?
Eussai-je les talens du fameux Despreaux,
Ma Muse au vain honneur prefere un doux repos.
Qu'à rimer bien ou mal un Auteur se morfonde,
J'ai pris pour ma devise: *Ami de tout le monde.*
Mille froids Ecrivains sont du peuple estimez,
Qu'importe? valent-ils l'honneur d'être nommez?
Pendant ces longs propos je medite ma fuite:
Mais helas! c'est en vain, plus âpre à sa poursuite,
Il s'acharne sur moi comme un Sergent Manceau,
Il me prend sous le bras, je suois sang & eau.
Alors de m'assommer de sottises nouvelles;
Et pour me faire voir qu'il avoit les dents belles,
Avec de tels éclats il me rioit au nez,
Qu'il attiroit les yeux des passans étonnez.
Le fat par le menu me compte ses affaires,
Ses proüesses d'amour, ses exploits militaires;
Qu'estimé de son Prince, & des Belles couru,
Partout avec honneur il a toûjours paru:
Qu'il a le maintien noble & la taille fort fine,
L'entretien agreable & sur tout bonne mine.

Dans

Dans mon petit habit comment me trouvez-vous?
Ne suis-je pas d'un air à faire des jaloux?
On a beau s'en défendre, il faut d'abord qu'on m'aime.
Vos parens ont sans doute un interêt extrême,
Lui dis-je interrompant son recit ennuyeux,
A conserver long-tems des jours si précieux.
Bon, j'ai tout enterré. Que je leur porte envie!
Poursui, dis-je tout bas, acheve, prend ma vie.
Si bien-tôt de tes mains on ne vient me tirer,
Je suis mort, c'en est fait, on n'a qu'à m'enterrer.
Voilà le triste sort, la cruelle avanture
Qu'a predit le Devin qui dressa ma figure:
Ni fiévre, ni poison, ni chûte, ni duel,
Ni l'art des Medecins encore plus cruel,
Hâtant le coup affreux de l'inflexible Parque,
Ne le pousseront point dans la fatale barque;
Un fâcheux de sa vie abregera le cours,
S'il est sage il fuira ceux qui parlent toûjours.
Damis survient alors lui qui connoît mon homme,
Aime à me voir gemir sous le faix qui m'assomme;
J'ai beau de tems en tems du coude le heurter,
Des yeux lui faire signe, & beau me tourmenter,
Le traître fait semblant de ne me point entendre:
Je suis pressé, dit-il, & l'on pourroit m'attendre.
Adieu, jusqu'au revoir, & d'un souris moqueur,
Il me laisse en partant la rage dans le cœur.
O Ciel! ne veuille pas pousser plus loin ta haîne,
Ou qu'une prompte mort mette fin à ma peine.
Tout à coup je me vois dans la court du Palais:
On me plaide, dit-il, pour certains interêts,
Si vous m'aimez, montons, j'aurai fait dans une heure,
Qui moi? je n'entens rien aux Procez ou je meure,
Je vais où vous sçavez, & ne puis m'arrêter:
Je doute, poursuit-il, si je dois vous quitter:
Vous & mon interêt me tenez en balance;
Cependant cette affaire est de grande importance:
Si je ne comparois, j'en risque le succès,

P Mais

Soit, j'aime mieux vous suivre, & perdre mon procès.
Mais pour cause, mon cher, gagnons cette ruelle,
Je hais des creanciers la rencontre cruelle.
L'espoir de mon salut renaît à ce discours:
A mon tour je le traîne & m'avance toujours;
En effet, les Marchands que reveille sa vuë,
Accourent effarez au milieu de la ruë;
On l'entoure, on le presse, il proteste, il promet;
Humble & doux devant eux, il rampe, il se soumet.
Non non, c'est trop longtems nous donner des paroles,
Payez nous, ou bien-tôt... Prêtez moi vingt pistoles,
Dit-il en m'embrassant; tirez-moi d'embarras.
Vingt louis un Poëte! eh vous n'y pensez pas!
Un homme comme moi me traiter de la sorte,
Canailles! Mais tandis qu'on crie & qu'il s'emporte,
Sans autre compliment je me suis esquivé;
C'est ainsi qu'Apollon de les mains m'a sauvé.

Notre importun écouta cette Satyre d'un air content; & ne s'y reconnoissant nullement: Cela s'apelle, dit-il, mon cher, peindre d'après nature, il ne manque pas de ces sortes de gens, & vous les avez bien saisis: je suis si entousiasmé de cette Piece, que je crois que Despreaux n'auroit guere mieux fait, permettez que je vous en felicite: Il lui saute au col & le serra si vigoureusement cette seconde fois, qu'il faillit à l'étoufer. Il se mit en même tems à nous parler de ces Vers: Je veux, dit-il, vous reciter la petite Piece que je dis hier à ces Homeristes incivils: je l'ai faite en m'habillant: vous verrez que je ne m'en démêle pas mal.

Philinte

Philinte, connoissez mon goust,
Je ne suis point de ceux dont le cœur se partage;
Je craindrois d'en donner ou moins ou davantage,
Et de peur de manquer, je vous le donne tout.

Comment trouvez-vous cette pensée? elle est fine, delicate, & qui plus est toute neuve, personne n'avoit encore dit cela: autrefois les gens de condition se faisoient un honneur de tourner en Vers les jolies choses qui venoient luire à leur esprit: il n'est, Dieu me damne, rien de si agreable ni de si amusant, cela donnoit même un certain relief dans le monde: je suis honteux pour notre siecle, de voir que la fureur du jeu & la débauche ayent étoufé toutes les semences de la fine galanterie. Il continua de nous étourdir de mille discours extraordinaires; ainsi il ne fut pas en notre pouvoir de nous en débarasser, & nous fûmes obligez d'essuyer ces vagues raisonnemens jusques à l'endroit où nous avions resolu d'aller. Il trouva là par bonheur force personnes de sa connoissance qui nous délivrerent de lui.

Je vis paroître cet* homme aimable dont la douceur & l'affabilité gagnent le cœur de tout le monde: Crantor me presenta à lui, il me reçut gracieusement, m'exhorta à l'étude, & me promit sa protection. Je me retirai: il fallut faire place à tous ceux

 qui

* Monsieur l'Abbé Bignon.

qui s'empreſſoient de lui faire la Cour. La place qu'occupe ce nouveau Varron, me dit Crantor, ſemble n'avoir été faite que pour lui, il poſſede toutes les Sciences, il parle toutes les Langues, éclaircit tous les doutes, & ſon nom eſt en ſi grande veneration dans toute l'Europe, qu'on diroit qu'il eſt le Pere des Sçavans de toutes les Nations : Crantor n'eut pas le tems de m'en dire davantage, quelques-uns de ſes amis l'entourerent. C[illegible] en profitant de l'occaſion, me fit ſigne [illegible] ſuivre : Nous nous gliſsâmes doucem[illegible], & nous gagnâmes le chemin du Marais, qui eſt auprès de l'Helicon.

Crantor s'aperçut bien-tôt de notre ſortie, il courut après nous & nous joignit comme nous allions entrer dans une des Grotes où l'on vend le Café. Il nous arrêta par le bras, & nous ſuplia auparavant de vouloir écouter un Poëme qu'il avoit compoſé contre ceux qui frequentent ces reduits. J'aurai au moins, nous dit-il, la conſolation d'avoir fait tout mon poſſible pour vous détourner d'une ſi frivole occupation. L'indolente oiſiveté qu'on reſpire dans ces endroits a un ſi grand charme pour les nouveaux Poëtes, que lorſqu'ils ont une fois goûté ce plaiſir, ils ne peuvent plus s'en priver : c'eſt ce qui les empêche d'étudier & qui les détourne de ces profondes medita-

tions

tions sur les Ouvrages des Anciens, qui est le veritable moyen d'avancer dans le métier de la Poësie. Il nous mena à quelques pas de là sous des platanes, où nous étant assis à l'ombre, il nous declama ce petit Poëme.

LE CAFE'.

POEME.

LE Dieu qui sur son char nous luit du haut des Cieux,
Est le même Apollon qui regne dans ces lieux:
Il se plait entouré des neuf sçavantes Fées,
A remplir de son feu le sein de nos Orphées,
A combler ce Vallon des plus riches presens
Que répandent ailleurs ses regards bienfaisans.
Un jour il les fixa sur l'Arabie heureuse,
On vit naître soudain cette plante fameuse,
Dont une double feve est l'admirable fruit.
De ses rares vertus l'Egyptien instruit,
Fait dessecher au feu la feve salutaire;
Il la brise, il en forme une boisson amere;
Et buvant à longs traits la fumante liqueur,
Il éprouve l'effet de son pouvoir vainqueur.
Comme on voit tout à coup l'eau d'un leger nuage
Calmer l'air en courroux & dissiper l'orage:
De ce nouveau Nectar la puissante vertu
Sçait relever l'esprit par l'étude abattu,
Reprimer les vapeurs qu'un sang impur envoye,
Rendre au cerveau le calme, au cœur porter la joye.
Il falloit un remede à ces fougueux transports,
Qui nous font succomber sous nos propres efforts.
Phebus de ce Nectar enrichit le Parnasse;
Il exhorte sa Cour d'en boire à pleine tasse.
De l'onde d'Hypocrene un Poëte enyvré,

Par

Par lui, dit-il, ira d'un pas plus assuré ;
Par les tiedes esprits d'une douce fumée
Sa fureur se verra sagement reprimée.
Quand le sommeil vainqueur des hommes & des Dieux,
Viendra sous ses pavots appesantir vos yeux,
Pour défendre vos sens de ses paisibles charmes,
Cette chaude boisson vous prêtera des armes.

Mais ce nectar n'est pas la source des beaux Vers :
Si vous voulez mesler vos voix dans mes concerts,
Que les sçavantes eaux du Pinde reverées,
A l'amere boisson soient toujours préferées :
Ne vous y trompez point, comme ces chastes eaux
Pour hâter le progès de vos nobles travaux.
Ne peuvent rien sans moi, sans les doctes Pucelles,
Ce nectar ne peut rien sans ces eaux immortelles.
Il dit, & le present que nous fait Apollon,
Fume de toutes parts dans le sacré Vallon :
Le sucre en se meslant dans la liqueur amere,
Fait un breuvage exquis d'une boisson austere.
Sans ces heureux secours les neuf sçavantes Sœurs,
Dont le Palais friant n'aime que les douceurs,
Des sucs rejoüissans de ce present liquide,
N'auroient point inondé leur estomac avide :
On le nomme Café ; de l'Asie apporté,
Il est sur le Parnasse aussi-tôt apresté :
On se place, on le sert, l'onde noire & fumante
Coule à flots odorans dans l'argile éclatante.
Cet émail qu'on pétrit sur un bord étranger,
En vases transparens forcé de se changer,
Voit sous divers contours de figures bizares
Rehausser sa blancheur des couleurs les plus rares :
C'est dans le sein brillant de ces vases de prix
Que l'utile Café par les Muses est pris.
Le Parnasse n'a point dans ses vastes retraites
De petits Orateurs, ni de petits Poëtes,
Point de Grimauds siflez, qui d'un present si beau,

Ne

Ne veüille chaque jour honorer son bureau.
Dans une Grote obscure une noire Sybile *
Leur en rend par ses soins l'usage plus facile.
Telle qu'une Nayade en son lit de cristal,
Préside aux froides eaux qui forment son canal,
Telle en ce sombre lieu la vieille Laurentine
Preside à la liqueur que sa main leur destine.
Mais ces esprits legers ne lui font plus leur cour,
Et depuis deux moissons ont changé de séjour:
Attirez par l'éclat & du marbre & des lustres,
On voit chez Poincelet † ces Poëtes illustres:
Ils y viennent en foule avaler à longs traits
Les flots noirs & fumans qu'on y tient toujours prests,
Par un lâche dégoust ennemis de la peine,
Ils preferent cet antre à la docte Fontaine.
Mille nouveaux Auteurs rassemblez dans ces lieux,
Méprisent d'Apollon le pouvoir glorieux.
C'est-là qu'est leur Parnasse, & dans leurs froids Ouvrages
Ils n'ont pour s'exciter que leurs propres suffrages.
Là se lisent les Vers qu'on veut produire au jour,
Là chacun vient d'encens s'enyvrer à son tour.
De la cime du Pinde Apollon les observe,
Ah! qu'ils riment, dit-il, en dépit de Minerve:
Qu'ils n'éprouvent jamais ma divine fureur,
Je ne puis mieux punir leur orgueilleuse erreur.
A ces mots du Café l'ignorance s'empare,
Leur jugement se trouble & leur esprit s'égare:
Le bon goût à leurs yeux n'ose plus se montrer;
Livrez à leur caprice, ils font gloire d'errer.
Toûjours un vrai Sçavant à la raison docile,

Dès

* *La Veuve Laurent Cafetiere, chez laquelle se sont rendus long tems nos Poëtes.*

† *Cafetier où ils vont depuis deux ans. Il a une Enseigne où on voit peint Apollon & les Muses avec ces mots:* Au Parnasse.

Dès qu'il la voit briller, suit ce qu'elle a d'utile;
Mais un demi Sçavant de lui-même entêté,
En plein midi s'aveugle à force de clarté.
C'est ainsi que de sens & de lecture vuide,
Leur cerveau ne connoît ni modele ni guide;
Tous voulant à l'envi se rendre originaux,
Fatiguent le public de mille Ecrits nouveaux;
Et malgré de leurs Vers la bassesse & la glace,
S'érigent fierement en Regens du Parnasse.
Leur orgueil insolent fronde les vieux Auteurs,
Et se rit des respects de leurs admirateurs.
Je le vois cet orgueil injuste, temeraire,
Qui des bords du Cocyte ose évoquer Homere;
Dans de jaloux transports lui prester des défauts,
Le braver, l'avilir, & le mettre en lambeaux.
Illustres Habitans d'une Grotte enfumée,
Jouissez à loisir de votre Renommée:
Regnez sur les Auteurs qu'on vous voit dédaigner,
C'est-là qu'à votre orgueil il convient de regner.

LIVRE

LIVRE VI.

E ne pûs m'empêcher de rire du zele Poëtique de Crantor. Je le priai de croire que la seule curiosité m'attiroit dans e reduit ; & l'ayant assuré que je n'y reournerois de ma vie, nous nous levâmes nous entrâmes dans cette Grotte, que je royois faite à peu près comme celle de alipso dans Telemaque, taillée dans le roc n voutes pleines de roquailles, & tapissée 'une jeune Vigne, qui étendît également ses branches souples de tous côtez : mais je n'y ..s rien qui ne me retraçât l'idée de nos Caffez.

> Je crus être encore à Paris
> Chez Rossignol & chez Gregoire,
> Où comme dans un Refectoire
> Vous étant à la file assis,
> On vient vous presenter à boire
> De cette liqueur chaude & noire
> Dont on regale ses amis.

Nous prîmes place, & nous nous trouvâmes près de Gliceron & de Cotinet, que nous avions vû le jour précedent. Ils nous parurent pleins des reflexions de M. de la

Q Motte

Motte qui servent de Réponse à Madame Dacier. En effet, après les civilitez ordinaires, la premiere chose qu'ils firent, fut de s'informer si nous avions lû cet Ouvrage : Il est inutile, ajoûta Gliceron, de vous demander comme vous le trouvez : Mais vous-mêmes, repartit Cliton, avez-vous bien lû celui de Madame Dacier ? A vous parler franchement, dit Cotinet, je nai pû en digerer la lecture. J'en suis vrayement fâché, lui dit Crantor, & Madame Dacier y perd beaucoup. Il faut croire, poursuivit Cliton, que Monsieur n'est accoûtumé de se nourrir que du suc des Ouvrages des Auteurs d'aujourd'hui, & que tout ce qui s'en éloigne ne peut que choquer son goût. Quoiqu'il en soit, si votre Auteur eût été bien conseillé, le parti le plus seur étoit de se taire, & de passer condamnation de bonne grace. Je le connois trop bien, dit Gliceron, pour croire qu'il fût demeuré en si beau chemin, il n'a pas fait les choses sans connoissance. [a] *Il n'a neanmoins d'autres vûës que d'entendre & de faire entendre la raison. Le vrai lui est aussi bon de la main des autres que de la sienne : il étudie dans ce qu'on lui oppose ce qu'il peut y avoir de raisonnable, aussi content quelquefois en avoüant qu'il s'est trompé,* que

a Premiere Broch. de M. de la Motte pag. 8.

que le peuvent être ceux qui le reduisent à en convenir. Voila, je vous l'avouë, dit Cliton, une grande moderation & un caractere bien estimable : mais puisqu'il est si éclairé & si moderé, il pouvoit se contenter de ce qu'on lui avoit répondu par avance, & non pas [a] *ralliant ses anciennes raisons deconcertées, revenir à la charge, avec une Phalange de fausses subtilitez*, qu'on avoit déja mises en déroute.

Vous avez bonne grace, dit Cotinet, de de traiter de vaincu celui qui merite le triomphe. On lui a répondu : Eh oüi ! Et dans le fonds, que pouvoit-on répondre, à qui a la raison & la Philosophie de son côté ? On devoit au moins respecter en lui cette politesse & cette modestie, pour ne pas dire cette humilité, qui le rendent le plus aimable de tous les hommes. En effet, reprit Cliton, il est si humble, qu'il prétend le paroître aux dépens même de son Art. [b] Il veut qu'on le croye exemt de l'orgueil qu'il dit être le défaut dominant des Poëtes. Ce qu'il leur reproche, dit Crantor, est commun à tous les hommes. Il n'y en a pas un qui n'éleve sa profession au-dessus de toutes les autres, & ne s'y estime quelquefois plus

a *Seconde Broch. de M. de la M. pag. 9. & 10.*
b *Premiere Broch. pag. 20. & 21.*
b *Troisiéme Broch. pag. 5. 6. & suiv.*

plus habile que ses Confreres. Le Peintre s'imagine qu'aucun Art ne demande plus de talens que la Peinture. Le Geometre rapelle tout aux nombres & aux lignes, & ne trouve ailleurs ni exactitude ni solidité. Le Philosophe est non seulement prévenu pour la Philosophie; mais il l'est encore plus pour la Secte qu'il suit; s'il est Cartesien, il explique toutes choses par les regles du mouvement; s'il est Sectateur de Gassendi, il n'admet que les Atomes. Cette prévention poussée trop loin, est ce qu'on apelle orgueil; car d'ailleurs on est obligé de penser noblement de son Art, & de l'aimer si on veut en atteindre la perfection. L'émulation est la mere des belles choses: & comme on ne réussit pas dans un Art qu'on n'estime pas assez & dont on méprise les plus excélens modéles, il ne faut pas s'étonner si M. de la M. est si grand Poëte. Il avoüe, continua Cliton, & j'admire son ingenuité, qu'il ennuye dans son Iliade; mais ce n'est pas sa faute, sans doute c'est celle d'Homere. Peut-on penser comme Homere & ne pas ennuyer? Vous ne vous attendiez pas à une excuse si valable, il n'y a que M. de la M. qui puisse trouver de ces tours heureux, ausquels on ne sçauroit repliquer. Il a trop suivi son modéle dans les quatre premiers

Livres.[a] Aussi a-t-il erré avec lui, & a prêté des armes à Madame Dacier : Mais dans les autres huit Livres où il s'est donné carriere, & où il a tant mis du sien : c'est là le beau, le sublime de son Ouvrage. Croiriez-vous qu'il se reproche encore de n'avoir pas assez retranché ? S'il ennuye, dit Cotinet, après de si grands retranchemens, que seroit-ce s'il avoit tout conservé ? Vous avez beau faire, [b] *M. de la M. a bonne cause, & tous les talens qu'il faut pour la sauver d'insulte.*

Mais vous-mêmes, reprit Crantor, avec tous vos vains raisonnemens, vous ne ferez point qu'Homere ne soit toûjours le plus grand de tous les Poëtes ; le gros des hommes ne se trompe point, & le beau est immuable. Il est bon de vous avertir en passant, poursuit-il, que M. de la M. qui *prie Madame* [c] *Dacier de ne pas lui nier si legerement les faits*, doit être prié avec plus de raison de ne les pas citer lui-même si legerement. Ses amis les Sçavans qui lui fournissent les autoritez en imposent un peu à sa credulité. Ils lui font avancer des choses qui ne se trouvent pas tout-à-fait comme il

R nous

a *Troisiéme Brochure pag.* 41. & 42.

b *Phrase de la Lettre à M.* *** *sur l'Iliade de M. de la Motte.*

c *Seconde Brochure page* 14.

nous les donne. Qui ne diroit cependant, du ton dont il les debite, que ce ne fussent des decisions infaillibles ? Comment, dit Cotinet, quand pour justifier le portrait critique d'Homere, notre Censeur cite toute cette longue suite d'anciens Auteurs, il n'accuse pas juste ? Platon, par exemple, qui bannit Homere de sa Republique, a été à votre avis son Panegyriste ? Sans doute, reprit Cliton, & je ne veux pour vous le prouver, qu'un seul passage de Baillet. [a] Je ne crois pas que vous recusiez l'autorité de cet Auteur, que M. de la M. regarde comme son garant le plus valable. Je refuterai donc Baillet par Baillet même, qui dit que Platon dans le Dialogue auquel il a donné le nom d'Ion, introduit Socrate, qui instruisant un adorateur passionné d'Homere, parmi beaucoup d'autres preceptes, lui donne celui-ci ; qu'*il faut s'apliquer continuellement à la lecture des bons Poëtes, & sur tout du divin Homere, dont on doit tâcher non-seulement de penetrer le sens ; mais encore de retenir & d'aprendre jusques aux moindres paroles.* Baillet ajoûte, *qu'on peut conclure avec Jules Scaliger.* Remarquez bien que c'est avec Jules Scaliger, *qu'on peut conclure que le Dialogue d'Ion, où Platon*

a *Dans tout son Discours sur l'Iliade il n'a cité que le seul Baillet pages 12. & 14.*

Platon établit l'honneur & les avantages de la Poëtique, doit avoir sur nos esprits plus d'autorité que ses Livres de Politiques. Si vous daigniez lire tous les autres Ouvrages de Platon (c'est peut-être un peu trop demander de vous; mais il ne faut pas citer les Auteurs sans les aprofondir) vous trouveriez qu'il se dément par tout au sujet de ce divin Poëte, & vous verriez que ce Philosophe est celui de toute l'antiquité, qui débarassé des idées chimeriques de sa Republique, rend le plus de justice à Homere, le mettant au dessus de tous les autres Ecrivains, imitant son stile & remplissant tous ses écrits des Vers de ce Poëte, qui font un de leurs plus beaux ornemens. [a] Ainsi, si votre *subtil Critique est en faute en cette occasion à l'égard des veritables sentimens de Platon dont il se targue le plus, c'est une preuve morale qu'il n'est gueres plus regulier sur les autres.*

Nous sçavons bien, dit Gliceron, que l'érudition n'est pas le fort de notre Censeur, il n'en fait pas le fin, il en raille même assez joliment dans l'endroit de l'énumeration qu'il fait de tous ces anciens Auteurs. *C'est ici*, dit-il, *une* [b] *érudition de passage, j'ai tout l'air d'un Sçavant, & je m'en or-*

a *Seconde Broch. de M. de la Motte pag. 96.*
b *Ibidem pag. 16.*

gueillis presque de cet assemblage d'autoritez ; mais il ne faut pas se donner pour ce qu'on n'est pas : Pour le coup, interrompit Cliton, ceux qui liront ses Ouvrages ne lui feront pas ce tort. Mais que veut-il dire *par son érudition de passage ?* Prend-il les Auteurs qu'il cite pour de ces oiseaux que les premiers vents froids nous envoyent ? *Une érudition de passage :* Que cela est delicatement pensé ! Il est plein de ces tours charmans, qui vont mettre à la mode un jargon aussi plaisant que celui des Precieuses de Moliere. Quel aveuglement, reprit Gliceron ! trouver obscur ce qu'il y a de plus lumineux. Que M. de la M. poursuivit Cotinet, soit sçavant ou non, qu'il ait un esprit juste ou faux, ce n'est pas le nœud de la question, il s'agit seulement de sçavoir si Homere est parfait comme le veut Madame Dacier, ou s'il a des défauts comme le prouve M. de la M. A vous parler franchement, dit Cliton, il me paroît qu'il y a un peu d'excès de part & d'autre. Madame Dacier peut avoir un peu trop exageré la loüange, & M. de la M. de son côté trop multiplié les défauts. Il a beau nous avertir qu'il laisse sa Rivale se passionner toute seule, tandis qu'il tient le juste milieu. Il y a de l'esprit de parti dans son opiniâtre *sagacité*, comme il y a dans la vivacité de Madame Dacier un peu trop de chaleur à défendre

défendre Homere. Cette querelle meritoit plus de flegme ; car qui peut disconvenir qu'Homere n'ait des défauts ? mais par malheur faute de l'entendre, on lui en impute souvent qui ne sont que dans la tête de ceux qui se mêlent de le critiquer. Il est plein de negligences, & ce sont ces negligences mêmes qui servent à relever ses plus beaux traits.

Voila, dit Gliceron, le refrain des Partisans d'Homere. Ils avoüent en general qu'il a des défauts, & ne veulent convenir d'aucun en particulier. Nous lui reprochons des descriptions anatomiques de blessures, qui reviennent toûjours sechement de la même maniere : Harmonie Grecque qui releve l'expression en charmant l'oreille du Lecteur. Jupiter menace & bat Junon ; cette Deesse elle-même décoëffe Diane, lui saisit les mains, répand ses fléches, & lui donne de son carquois de petits soufflets mignons : Allegorie qui renferme l'image des Eclipses & les plus beaux secrets de la nature. Les Heros se querellent, en viennent à des injures & à des procedez grossiers : Noble simplicité des tems heroïques. Ainsi au lieu des défauts qu'on promettoit d'avoüer, on ne trouve que des points d'admiration : a *Ils ne cessent de crier, toute la terre est*

a *Premiere Brochure pag. 65. & discours sur Homere.*

est de notre avis, tous les hommes sont d'accord là-dessus; desorte qu'il n'est plus permis de se servir de sa raison, & d'examiner par soi-même; il faut se laisser entraîner au torrent. Depuis quand a-t-on ôté à l'homme son libre arbitre, & l'a-t-on rendu esclave des sentimens des autres? C'est fort bien parler, dit Cliton, examinez donc, servez-vous de votre raison, qui prévaut sans doute à toutes celles des autres. Vous ne sçauriez en faire un meilleur usage, & nous vous avons les dernieres obligations de nous vouloir tirer de l'erreur où nous sommes depuis si longtems sur les Ouvrages d'esprit. Quel bonheur pour nous que la nature ait enfin fait naître une poignée d'hommes superieurs à tous ceux qui ont jamais été, qui touchez de notre aveuglement, veulent bien dissiper les tenebres qui nous couvrent les yeux! a *Sauver les jeunes gens du préjugé dangereux où les jette une admiration aveugle d'Homere, & purger leur éducation de la contradiction ordinaire qui y regne. On leur crie d'un côté, cela est divin, & de l'autre on les reprend quand ils viennent à l'imiter. On va donc leur donner du beau, des idées fixes & uniformes, sur lesquels ils pourront regler également leur estime & leur travail. Madame Dacier declare qu'elle n'écrit*

a *Premiere Broch. de M. de la Motte p. 65. & 66.*

n'écrit que pour eux : elle les regarde d'après Socrate, comme la portion la plus sacrée de la Republique, qu'il est necessaire d'élever dans les bons principes. M. D. L. M. declare aussi *qu'il n'écrit que pour eux, & pour les mêmes raisons de Madame Dacier. Il met son espoir dans une generation nouvelle, qui n'ait point fléchi sous les autoritez.* Et c'est à cette heureuse generation que les preceptes de Poësie & d'éloquence qu'il donne dans un Discours recité en pleine Academie, serviront desormais de regle, & ses écrits de modéle. On chassera des Colleges, Homere, Virgile, Horace & Ciceron, comme des Auteurs capables d'amortir l'esprit des jeunes gens, pour lire à leur place les Ouvrages du brillant M. de la Motte & de ses semblables, qui font gloire de tirer tout de leur propre fond. Ils auront au moins, dit Cotinet, la gloire de détruire le préjugé, & l'avantage d'être Originaux. Mais qui sont parmi nous, dit Crantor, ces Reformateurs du bon goût, & ces ennemis declarez d'Homere ? Sont-ce nos meilleurs Poëtes, ou nos meilleurs Orateurs ? Vrayement ce sont des hommes bien plus habiles, des Saints Sorlins, des Perraults, des la Motte. Je les vois s'élever d'un côté pour le décrier, & de l'autre Racine & Despreaux pour le défendre ; qui croire ? L'interest de

ces

ces derniers demandoit qu'ils lui découvrissent de grands défauts, pour pouvoir prendre le pas au-dessus de lui. Cependant, ils l'admirent & se tiennent bien au-dessous.[a] C'est, répondit Gliceron, qu'*ils aimoient mieux*, comme il leur a été reproché, *voir vingt morts sur leurs têtes, qu'un vivant à leurs côtez.* Et qui, reprit Cliton, auroit-on pû mettre à côté d'eux, à moins d'y placer Quinaut? Avoüez le franchement; n'est-ce pas ce grand homme que vous leur comparez? Peut-être je me trompe, c'est M. de la Motte. L'aprobation des habiles Ouvriers dans les choses qui regardent leur Art, est d'un terrible poids; les exemples sont plus efficaces que les paroles, qu'il nous fasse des Ouvrages aussi excelens que ceux de Racine & de Despreaux, nous vous engageons notre parole d'ajoûter foi à ses decisions.

Comment, dit Gliceron, est-ce que les Ouvrages de M. de la Motte ne sont pas bien beaux? Ignoreroit-il l'art de les rendre tels, lui qui donne tant de nouvelles regles pour bien écrire? Je sçai, lui repliqua Crantor, que pour faire trouver beaux ses Ouvrages, il s'éforce de renverser l'ancienne

a *Sentiment tiré du Discours sur Homere de M. de la Motte p. 133.*

ſie Poëtique, & d'en ſubſtituer une nouvelle à ſa guiſe & à ſes uſages. Je voudrois bien que ce chemin pour arriver au beau, fût le plus court, il nous épargneroit bien des peines.

Je ſoûtiens, dit Cotinet, que tout ce que M. de la Motte avance eſt tres ſenſé, & je trouve qu'on eſt trop redevable à ces gens hardis qui oſent penſer de leur cru & nous ouvrir de nouvelles routes. Pourquoi ne veut-on puiſer les regles & les preceptes de la Poëſie que dans les anciens Poëtes? & d'où vient qu'il ne ſera pas permis à ceux de notre ſiecle, de montrer de nouveaux ſentiers qui nous menent à une plus grande perfection?

C'eſt bien là, reprit Cliton, le deſſein de votre Auteur. Il [a] ſeme tant qu'il peut ſes écrits de nouveaux préceptes de Poëſie & de verſification. Qui ne voit que ſon interêt ſe trouve dans cette demangeaiſon de dogmatiſer? Il lui ſeroit tres-avantageux qu'on voulût l'en croire; car il ſent fort bien, comme je viens de le dire, que ſi on ne renverſe l'ancienne Poëtique par une toute nouvelle, ſes Ouvrages ne ſçauroient ſubſiſter.

S Monſ.

a *Ce Diſcours ſera, ſi je l'oſe dire, un eſſai de Poëtique du Diſcours ſur l'Iliade pag. 10.*

M. de la M. dit Gliceron, ne cherche qu'à s'instruire, & à éclairer les autres; & s'il a mis l'Iliade en Vers François, ce n'est que pour nous donner un essai de Poëtique, & pour nous montrer comme l'Iliade auroit dû être pour plaire. [a] *En un mot il ne falloit rien moins que le grand genie, la sage hardiesse & les riches ressources de M. de la Motte, pour nous travestir le Monstre Grec; de maniere que loin de nous déplaire, il charmât nos regards.*

C'est dommage, dit Crantor, que ce sublime genie après avoir donné des preceptes utiles, corrigé tant de défauts, suppleé tant de belles choses, ne soit parvenu qu'à nous doner un Poëme qui marche après le S. Loüis, le Clovis & la Pucelle. Pourquoi le plaignez vous, dit Cliton? je le trouve au contraire fort heureux d'avoir aproché de ces Poëmes, qu'il vient d'avoüer lui-même être au-dessus de l'Iliade, [b] *par la clarté du dessein, par l'unité de l'action, par la noblesse & l'élevation des sentimens, par des caracteres mieux soûtenus, & par toute la conduite de l'Ouvrage.* Raillerie à part, le Public ne rend pas assez de justice à de semblables travaux, il devoit

a *Termes de la Lettre à M.*** sur l'Iliade de M. de la Motte pag.* 29

b *Seconde Brochure de M. de la Motte pag.* 57.

devoit au moins surseoir quelque tems son jugement, & ne pas nous priver par sa trop grande précipitation d'un *Poëme tout-à-fait Original* [a], dont M. de la Motte nous a agreablement menacé. Et qui vous a dit, repartit Cotinet, que nous en serons privez? Si en s'écartant d'Homere & de Virgile, il peut venir à bout de nous donner un Poëme, qui different de tout ce qui a jamais paru jusqu'ici, nous ravisse en admiration; ne lui sçaurons-nous pas bon gré d'avoir eu la hardiesse de l'imaginer, & la force de l'executer? Laissez-le faire, il ne promet rien qu'il ne soit capable de tenir; & dussent en enrager tous ses ennemis, il n'empruntera pas un mot de personne. Il ne souhaite par avance d'autre réüssite que celle qu'a déja eu son Iliade, le Public l'a reçuë tres-favorablement. [b] *Il a prononcé en sa faveur, elle vaincra la jalouse rage des Confederez, & passera à la posterité comme un Ouvrage digne tout à la fois & de son Auteur & de notre siecle.* On n'a qu'à voir pour en être convaincu, tout ce qu'on a fait & dit en son honneur. Sur tout, ce Vers Latin

a *Dans son Epitre au Roi en lui présentant son Iliade & à la fin du Discours qui precede. pag.* 171.

b *Page* 7. *de la Lettre à M *** sur l'Iliade de M. de la Motte. A Paris chez Laurent Seneuse* 1714.

Latin, qu'un Academicien ne fit pas difficulté de lui apliquer dans un Discours public :

Nescio quid majus nascitur Iliade.

Cependant ceux qui avoient bû leur Café, attirez par le bruit que nous faisions, avoient quitté leurs places & nous avoient entourez. Il me paroît, poursuivit Gliceron, que vous possedez bien votre Madame Dacier; mais au moins, ce que vous avez de bon, c'est que vous ne nous dites point d'injures. Je ne sçai pas comment elle pourra se laver de son manque d'honnêteté à l'endroit de M. de la Motte : elle l'injurie sans ménagement, & sort tout-à-fait avec lui des bornes de la politesse. Que lui a-t-elle donc dit de si criant, repartit Crantor ? a-t-elle attaqué ses mœurs ou touché à sa personne ? Elle a relevé d'une maniere un peu vive les bévûës qu'il a faites ; cela ne regarde que ses Ouvrages. Dire, par exemple : Il est extravagant de raisonner de la sorte ; cette correction est ridicule, c'est une imbecillité d'avancer une telle proposition, cette pensée est absurde, impertinente ; quand cela se trouve vrai, on ne sçauroit s'exprimer autrement ; & il n'y a pas là plus de mal, que de dire : Ce stile est plein d'affectation, & ces Vers sont detestables.

S'il

S'il ne faut, dit Cotinet, que dire des in-
ures & le prendre ſur un ton de hauteur;
l n'y a perſonne qui ne puiſſe répondre de
nême. Je ſuis de votre ſentiment, repartit
liton, Madame Dacier ſe prévaut un peu
rop de la ſuperiorité qu'elle a ſur M. de la
iotte, elle ne le ménage pas aſſez. J'au-
ois ſouhaité pour l'honneur de l'un & de
'autre, qu'elle l'eût un peu plus épargné;
u'elle lui eût dit avec des paroles emmiel-
lées: " Je ſuis tout à fait fâchée que M. "
de la Motte ſe ſoit, je ne ſçai comment, "
trompé dans cette occaſion. Il me ſemble "
qu'il auroit pû s'exprimer d'une autre "
maniere, je ſuis au deſeſpoir de dire à "
M. de la Motte que ſon raiſonnement n'eſt "
pas juſte." Au lieu de heurter les gens de
front, ne leur pardonner aucune faute, &
ne ſe contenter pas des raiſons auſquelles
il n'y a rien à repliquer; mais les accabler
ſous une érudition qui paſſe leur connoiſ-
ſance. En verité, c'eſt n'avoir pas l'ombre
même de la politeſſe, & ne vouloir pas avoir
les rieurs de ſon côté. Oüi, oüi, répondit
Gliceron, je ne crois pas qu'elle ait envie
de rire, on ſçait leur rendre à tous deux
juſtice dans le monde. La verité & la rai-
ſon ſe ſoûtiennent aſſez par elles-mêmes,
ſans qu'on ait beſoin d'avoir recours aux
injures & aux invectives pour les défendre.

On n'a qu'à les exposer d'une maniere simple & modeste, tout le reste est inutile & ne prouve rien. M. de la Motte est si sage & si moderé, que quand même il n'auroit pas le droit de son côté, dequoi je ne conviens pas, il se défend avec tant d'art, de finesse, d'honnêteté & de circonspection, qu'on pourroit dire de lui ce qu'on dit dans Moliere du faux Amphitrion :

> Je ne sçai pas s'il impose,
> Mais il parle sur la chose
> Comme s'il avoit raison.

Mais vous, Messieurs, dit Crantor, qui prétendez que Madame Dacier a trop poussé M. de la Motte, croyez-vous que cet Auteur si poli l'ait épargné, & qu'il ne se soit pas dédommagé par des équivalens? Faites-y attention, il ne vise pas à moins dans son Discours & dans ses Brochures, qu'à les faire passer, elle & son Epoux, pour des Pedans. Il est naturel, dit Gliceron, quand on nous attaque, de rendre injure pour injure, & M. de la Motte devoit l'avoir fait : Cependant je vous défie de nous montrer un seul endroit où ce modéle de douceur & de civilité, ait en rien démenti un si rare caractere.

Ces expressions à votre avis, repliqua Crantor,

Crantor, sont-elles civiles ? *Admiration sans discernement, prévention orgueilleuse, aveugle, tres-dangereuse, capable de corrompre le goût.*

Il se plaint que Madame Dacier le compare aux visionnaires de Desmarais dans le tems qu'il la compare lui-même à Don Quichote, [a] *qui voit des Enchanteurs où son Ecuïer ne voit que des Moulins.* Prétend-il par-là rendre gentillesse pour gentillesse.

Les raisons qu'on m'allegue, dit-il, [b] *pour défendre les Discours adressez aux chevaux, me paroissent dans leur genre au-dessous des Discours mêmes qu'on veut justifier.* Voila des gracieusetez d'une nouvelle espece.

Ce qui suit n'est gueres moins honnête, je laisse la puerilité & l'affectation du stile, pour ne m'attacher qu'au nouveau tour des choses obligeantes qui coulent à longs flots de la bouche mielleuse du galant M. de la Motte. [c] *Sçavoir plusieurs Langues, entendre les Auteurs Grecs & Latins, enrichir le Public de sçavantes Traductions, c'est n'avoir que des yeux & une érudition sans lumiere, c'est se souvenir au lieu de juger, se remplir de mots à la place de choses, alleguer des autoritez pour des raisons. Si un homme pouvoit se surprendre à*

 n'avoir

a *Seconde Brochure pag.* 140.
b *Seconde Broch. pag.* 129. & 130.
c *Premiere Broch. pag.* 22. & 23.

n'avoir que cette sorte de merite, il en rougiroit plutôt que d'en être vain. Appellez-vous cela dire des douceurs ? Cependant malgré cette aversion qu'il témoigne pour l'érudition, il sçait citer Aristote quand il s'agit d'injurier le beau sexe dans Madame Dacier, & dire après ce Philosophe, a *que les Femmes peuvent être bonnes poëtiquement.* Je lui sçaurois, reprit Cliton, un meilleur moyen de se venger de Madame Dacier, ce seroit de donner une nouvelle Odissée.

M. de la Motte, dit Cotinet, ne songe point à se venger : b *il se trouve au contraire fort heureux d'en être quitte pour quelques bons mots Pedantesques qu'il lui a fallu essuïer de la part de nos Scholiastes. C'est avec ces armes victorieuses qu'ils ont coûtume de combattre les Rivaux* c *d'Homere, de Theocrite & de Pindare.*

Comment, ajoûta Crantor haussant la voix, on renversera les regles, les preceptes; on détruira le bon goût; on choquera le sentiment de tout ce qu'il y a eu de grands hommes jusques à nous; & il ne sera pas permis de repondre vigoureusement ? Non, dit Cotinet, nous devons respecter

a *Seconde Brochure pag. 90.*

b *de la Lettre à M.*** sur l'Iliade de M. de la M.*

c *Nota, qu'ici Fontenelle est le Rival de Theocrite, & M. de la Motte celui d'Homere & de Pindare.*

pecter nos contemporains, & n'exercer la rigueur de notre Critique, que contre les morts. [a] *Tous les égards sont dûs à ceux avec qui nous vivons, & nous ne devons rien aux autres que la verité. Pourquoi au lieu de reprocher aux Modernes aigrement des fautes, n'en choisissons-nous pas de pareilles dans les Anciens dont nous fassions sentir le défaut, ou si l'on veut, tout le ridicule qui ne les interesse plus.* O les jolies choses, dit Cliton! je ne sçai où vous les prenez: M. de la Motte ne se défendroit pas mieux. De sorte donc que Madame Dacier pour redresser les sentimens de M. de la M. sur Homere, devoit se contenter de relever ceux de S. Sorlin & de Perault qui sont morts, sans s'acharner, comme elle a fait, sur l'honnête M. de la Motte; & elle devoit à plus forte raison lui faire grace sur sa nouvelle Iliade, parce que personne ne s'étant jamais avisé d'en fabriquer une pareille, on ne sçauroit trouver d'Auteur sur qui en rejetter le ridicule. Il me semble l'entendre plaindre de cette sorte, de l'attentat commis en sa personne. Moi qui élevé au comble de la gloire, joüissois en paix de l'Empire du bel Esprit que m'avoient [b] *décerné tous les Journaux*; moi le Phenix de

a *Premiere Broch. de M. de la Motte pag. 36. & 37.*
b *Premiere Broch. pag. 79.*

de mon ſiecle, on a oſé me dégrader ſans aucun reſpect pour des jugemens ſi sûrs & ſi équitables; & dans un volume d'injures on eſt venu à bout ſans aucun égard pour le prochain, de deſſiller les yeux du Public ſur mon merite: n'eſt-il plus de juſtice ni de charité dans le monde?

Vous raillez, dit Gliceron, & moi je vous ſoûtiens après Monſieur de la Motte, *que notre conduite dans l'Anatomie devroit nous ſervir de leçon en fait de Critique.* [a] On reſpecte les vivans & on n'exerce ſon ſçavoir & l'adreſſe de ſes mains que ſur les morts. Qui peut douter de la juſteſſe de la comparaiſon, dit Crantor d'un ton railleur, & qui de nous en effet ne ſentiroit la même impreſſion de pitié & d'horreur que feroit ſur nos ſens la diſſection du corps d'un Poëte en vie, & celle de ſes Ouvrages? Je voudrois neanmoins malgré toutes ces belles raiſons, qu'Apollon qui écorcha autrefois le Satyre Marſias, eût fait diſſequer vif quelque Poëte de cette eſpece; nous ne ſerions pas aujourd'hui dans les peines où nous nous voïons. En verité, ajoûta-t-il, vous n'y penſez pas, il ſera permis à un chacun de debiter toutes les abſurditez qu'il lui plaira? on ſemera en quelque ſor-

a *Premiere Brochure pag. 36.*

te du poison, & on n'en reprimera pas les Auteurs ? Quels abus ne naîtroient pas tous les jours d'une si indigne tolerance ?

Un Abbé qui étoit debout derriere moi, ayant pris la parole : Je ne sçai pas, dit-il, si Madame Dacier a tort d'avoir trop poussé M. de la Motte ; mais il me paroît qu'il faut qu'elle soit bien bonne pour avoir pris tant de peine. Vous verrez, dit Cotinet, que M. de la Motte lui aura encore obligation. Sans doute, repliqua l'Abbé, nous dévons sçavoir bon gré aux gens plus sçavans que nous, quand ils veulent bien nous redresser. Consolez-vous, Lausus, dans votre malheur, dit le Heros de l'Eneide, vous mourez de la main du grand Enée.

Je suis votre serviteur, dit Gliceron, M. de la Motte se seroit bien passé de cet honneur. Dans le tems qu'on disputoit de la sorte, il entra un jeune homme qui entendant parler de M. de la Motte : Ah ah, dit-il, Messieurs, vous êtes sur le chapitre d'un Auteur contre lequel on a fait un Rondeau, je veux vous en regaler : c'est un Dialogue entre Clio, le Poëte & son Libraire.

RONDEAU.

IL est bien dur d'être si maltraité,
De voir l'outrage au mépris ajoûté ;
Et qui pis est, par celle dont la gloire
A retenti sur le beau Luth d'Yvoire,

Qu'A-

Qu'Anacreon & l'amour m'ont prêté :
Clio l'ayant froidement écouté,
Va, lui répond, tu l'as bien merité,
Ton vain Poëme aproche du Grimoire.
Il est bien dur.
J'ai corrigé : dis plûtôt, j'ai gâté.
Ah ! s'écria le Libraire irrité,
J'en suis la dupe, ô Fille de Memoire :
Maudit Ouvrage ! on auroit peine à croire
Ce qui m'en est au Magazin resté.
Il est bien dur.

Madame Dacier, dit Gliceron, devroit se contenter d'avoir injurié M. de la Motte en Prose, sans lui susciter encore des Poëtes qui le maltraitent en Vers. Le mal après tout, n'est pas si grand qu'on le fait. On se récrie contre lui : Ça voyons, examinons les crimes qu'il a commis. Il critique Homere, mais c'est d'une maniere tres-polie : on voit même qu'il se fait violence, & que ce n'est presque que malgré lui : Car, comme l'a fort bien remarqué le Journal de Trevoux, [a] *il ne demande pas mieux que de pouvoir loüer Homere.* Il ne prétend point lui dérober la gloire d'avoir rassemblé en lui toutes les qualitez qui l'auroient fait dans tous les siecles [b] un grand Poëte, je ne dis pas le plus grand de tous. Je vous entens, repliqua

a *Seconde Broch. pag.* 103.

b *Sentimens du Discours de Monsieur de la Motte. Pag.* 125.

repliqua Crantor, M. de la Motte ne se feroit pas ce tort là. Je ne le blâme point, dit Cliton, on l'a si fort encensé, ses amis lui ont tant dit qu'il étoit un grand Poëte, qu'il l'a cru. A sa place j'en aurois fait autant que lui. Tout le monde, repartit Gliceron, ne lui rend pas aussi peu de justice que vous. Pour revenir à ce qu'il pense d'Homere, quelle injure lui fait-il de dire, qu'*il* [a] *auroit peut être atteint la perfection de son Art, s'il fût né dans le siecle d'Auguste ou dans le nôtre; mais né dans le tems où l'Art ne s'étoit point encore montré, n'étant guidé par aucunes regles, éclairé par aucuns exemples, on lui doit tenir compte de son Poëme tout monstrueux qu'il est.*

M. de la Motte, reprit Cliton, est né dans notre siecle, donc il a atteint la perfection: n'est-ce pas là votre consequence? Sans doute, repliqua Cotinet, voudriez-vous que nous fussions aveugles sur le merite d'un homme *superieur*, & que nous raisonnassions comme [b] *ces gens sans talens & sans goût, qui ne sçavent pas suivre le progrès des Arts & des talens dans la succession des siecles? Comme ces Scholiastes Fanatiques, qui entrent*

V

a *De la Lettre à M.*** sur l'Iliade de M. de la Motte. Pag.* 18.
b *Ibidm. pag.* 6.

trent dans une espece d'extase à la lecture de l'Iliade originale, où l'Art naissant n'a pû donner qu'un essai informe, & qui n'aperçoivent pas dans les travaux de notre âge le merveilleux accroissement de ce même Art, non plus que les défauts grossiers qu'une raison geometriquement exacte vient de découvrir dans Homere.

Il est vrai, répondit Crantor, que la Geometrie ne s'étoit point encore ingerée de maîtriser la Poësie. Je suis fâché, dit Cliton, qu'il n'y ait pas eu autrefois des Terrassons, les hommes auroient ignoré ce fatras inutile de vives images, d'idées grandes & sublimes, de nobles hardiesses, & tous les enchantemens de la grande Poësie, nous aurions eu à leur place ces Ouvrages didactiques tirez au cordeau, & *tous ces petits sentimens bien tournez, que Madame Dacier a tort d'apeller* [a] *des pointes*, & que M. de la Motte *trouve des beautez*. Qui des deux a le droit de décider, ou l'Admiratrice d'Homere, ou l'Admirateur du Clovis & du Saint Loüis?

On s'est en vain éforcé, dit Gliceron, de décrediter ce nouveau Philosophe [b], en *l'accusant de Geometrie, comme si cette Science étoit ennemie de la justesse & de la raison.*

L'Art

a *Troisiéme Broch. pag.* 126.
b M. *Terrasson.*

a L'Art Poëtique même a ses axiomes, ses theoremes, ses corollaires, ses demonstrations. Qui voudroit en douter, repliqua Cliton, n'auroit qu'à lire les Poësies de M. de la Motte ; on a beau y chercher le Poëte, on n'y trouve que le Geometre.

Nous connoissons, poursuivit Crantor, tout le prix de la Geometrie, & nous sçavons combien elle peut être utile pour raisonner juste : Mais vouloir lui assujettir la Poësie, & rendre esclave de sa précision le plus libre de tous les Arts, je ne croi pas que ce soit là un axiome Geometrique.

Qu'on vienne, dit Cotinet, qu'on vienne à present nous attaquer, on trouvera à qui parler. M. de la Motte a le second qu'il lui falloit, nous pouvons opposer l'érudition à l'érudition. Je ne sçai où vous rencontrerez assez d'esprit de votre côté, pour l'opposer à celui de M. de la Motte. Il avoit bien raison, reprit Crantor, de dire que la hardiesse de son Confrere feroit excuser la sienne, ce Geometre ne va pas à moins qu'à aneantir Homere, & à renverser en même tems toutes les regles de l'ancienne Poëtique, sans qu'il prétende qu'on puisse apeller de ces décisions devant aucun Tribunal que celui de sa raison. M. de la Motte

a *Seconde Broch. pag. 126.*

Motte à la verité, dit Cotinet, propose des regles & des préceptes pour le Poëme Epique d'une metode nouvelle; a *mais c'est toûjours avec la défiance raisonnable, où l'on doit être de soi-même.*

Dans le fonds, dit Crantor, l'inconvenient n'est pas grand : rechaufer toutes les pitoïables Critiques qui se sont faites sur Homere, estropier & défigurer son Iliade, renverser la constitution du Poëme Epique, b *rendre arbitraire sa forme & le choix de sa matiere, l'étendre à la vie entiere d'un Heros*, & le dépoüiller de sa principale prérogative, qui est de plaire & d'instruire tout ensemble, en traitant sous le voile d'une Fable une verité morale. Avec quelle facilité ne transformera t-on pas par-là en Poëmes Epiques les Contes des Fées, & les Romans les plus pitoïables? Il n'y aura donc plus desormais de préceptes certains; & chacun en inventera à sa fantaisie. Nous verrons la Poësie s'affranchir enfin de la contrainte où elle est depuis si long-tems; le caprice temeraire triompher des regles d'Aristote & d'Horace, & ne puiser au mépris d'Homere & de Virgile des exemples que dans des Poëmes insipides & extravagans. Quel malheur, dit

a *Discours sur Homere pag.* 15.
b *Discours sur Homere pag.* 26 & 27.

dit Cliton, que cette raison universelle qui éclaire nos Modernes, ne soit pas entrée dans la tête des Anciens! Oüi quel malheur qu'ils n'aïent pas été Geometres! Ah! s'ils avoient été Geometres, je ne dis pas comme les Euclides & les Archimedes, mais comme nos Terrassons, nous n'aurions rien à desirer; ils nous auroient donné un la Motte au lieu d'un Homere.

En effet, poursuivit Crantor, peut-on resister à cette superiorité de raison triomphante, éclairée par la nouvelle Philosophie qui vient de détruire le goût constant & le sentiment universel de tous les siecles? Selon elle on n'avoit point encore raisonné juste, ou pour mieux dire, on n'avoit fait que balbutier. Comme si la raison pouvoit changer, ou que quelques opinions anciennes, qu'on a debitées comme nouvelles, & qui ne sont dans le fonds que renouvelées, avoient détruit les idées du beau & du vrai. Les esprits d'aujourd'hui sont-ils d'une meilleure trempe que ceux d'autrefois, & la Philosophie leur a-t-elle soufflé une nouvelle raison? Parce qu'on a fait des découvertes dans la Physique, s'ensuit-il qu'on en ait fait dans le goût & dans le sentiment? Je ne sçai pourquoi cependant avec cette superiorité de raison, les Geometres qui prétendent reformer Homere, font un si foible usage de leur Geometrie, & sont si remplis de paralogismes.

Mais vous devez convenir avec nous, dit Gliceron, que le siecle d'Homere ayant été un siecle rustique, & le nôtre étant un siecle tout-à-fait éclairé, nous faisons sagement de ne pas imiter ce Poëte : d'ailleurs l'esprit est libre, & nous avons autant de droit d'inventer & de suivre notre genie, que les Anciens : l'art d'écrire se perfectionne tous les jours ; plus on va, plus on se polit. [a] Ainsi avec les avantages & avec les secours de ceux qui nous ont precedé, nous devons, ce me semble, être en état de les surpasser. Il n'y a rien à repliquer à cela, dit Cliton, & sur ce principe nos neveux auront plus d'esprit que nous, par la seule raison qu'ils seront venus après nous, & ils seront en droit de nous mépriser comme nous méprisons ceux qui nous ont devancé. Ils trouveront notre siecle grossier au prix du leur.

Est-il possible, continua-t-il, que vous soûteniez encore cette prétenduë grossiereté des temps d'Homere, après les preuves que M. de la Motte rapporte du contraire ? Nous vous l'avons déja dit, nous n'allons point chercher ailleurs des autoritez, nous nous contentons de vous citer celles qu'il cite lui-même. Il a inseré à la fin de sa premiere Brochure des Lettres de feu

a *Seconde Broch. de M. de la M. pag. 30.*

Mons.

Monsieur l'Archevêque de Cambrai. J'admire en cela le jugement & la bonne foi de M. de la Motte, qui se fait honneur de ces Lettres aux dépens de ses propres sentimens. Ce sçavant Prelat sentant bien qu'il étoit inutile de lui découvrir ingenuëment les siens, les lui envelope partout d'éloges qui laissent pourtant assez entrevoir la delicatesse de son ironie. Voici comme il s'exprime sur la grossiereté des mœurs des Heros d'Homere, & sur la politesse de notre siecle dont on nous donne pour modeles nos Heros de Romans.

J'avouë qu'Agamemnon a une arrogance grossiere & Achille un naturel feroce, mais ces caracteres ne sont que trop vrais & que trop frequens, il faut les peindre pour corriger les mœurs. a *On prend plaisir à les voir peintes fortement par des traits hardis; mais pour les Heros de Romans, ils n'ont rien de naturel, ils sont faux, doucereux & fades.* Vous les admirez cependant, & vous avez raison. Trouver beau Homere! des Ouvrages de trois mille ans! Il est naturel à la verité, & il y a par cy, par-là quelque peu de sublime; mais ces beautez approchent-elles de celles des Odes, des Opera, & des Tragedies de nos Poëtes d'aujourd'hui, de ces pointes, de

a *Lettres de M. de Cambrai pag.* 133.

ces jolies antithefes ? Cela s'apelle un ftyle, & il faudroit être imbecille pour n'en être pas enchanté. Travaillez, veillez, fechez, pour apprendre les Langues, afin de pouvoir lire dans les fources. Etude infructueufe : M. de la Motte a trouvé le fecret fans fe donner tant de peine, de faire des Ouvrages excellens. Il avoüe, car il faut lui rendre juftice, *qu'il ne fait pas vanité d'ignorer le* [a] *Grec ; mais de quoi lui ferviroit-il ?* Cette connoiffance peut avoir fes utilitez pour d'autres ; mais lui n'en a que faire : n'eft il pas par fon efprit au-deffus de tout ? Qu'importe en effet, repliqua Cotinet, tout n'a-t-il pas été traduit ; & puifqu'on peut profiter des veilles des autres, pourquoi s'aller caffer la tête à étudier des Langues mortes, dont on ne peut plus fentir les beautez ? Si l'on avoit toûjours penfé comme vous, reprit Cliton, malgré ce nouveau fonds de belles idées que vous ne trouvez que dans vous-même, & cette fuperiorité de genie dont vous vous vantez, les Lettres feroient aujourd'hui dans un bel état ? Mais je me trompe, votre Auteur a fi bien établi par fes Ouvrages la prééminence de notre Langue fur toutes les autres, qu'on ne peut faire mieux que de renvoyer aux Pedans le

Grec

a *Premiere Brech. de M. de la Motte p. 57.*

Grec & le Latin. Des gens d'aussi bon goût que nos beaux esprits Modernes, ne doivent étudier que dans des Traductions. Il arrivera peut-être par-là qu'on blâmera ce qu'on n'entendra pas, comme votre Auteur qui est choqué de bien des choses dans Homere, sur tout des repetitions qui n'ont pourtant point ennuyé les grands hommes qui en ont jugé : on a beau les lui citer, & en particulier Macrobe qui loüe ces repetitions expressément.

a Or il vous prend Macrobe, & lui donne le foüet.

La Poësie, s'écria tout à coup Crantor, la Poësie est une enchanteresse salutaire, ou un délire, s'il m'est permis de parler ainsi, qui sert à nous guerir de nos folies, & qui par les charmes de la fiction, des allegories & des peintures les plus vives, nous mene au vrai & à l'utile : Car, n'en déplaise à votre Auteur, le but de ce bel Art est, en peignant ainsi toutes choses aux yeux du corps, d'instruire & de plaire tout ensemble. Or pour faire entrer dans les ames vulgaires, envelopées de tous côtez d'épaisses tenebres, la connoissance de la verité, il a fallu la leur presenter sous des idées proportionnées à leur imagination. Ainsi

a *Vers de Regnier Sat. 10. pag. 73.*

Ainsi on a eu l'adresse de la faire paroître sous des objets sensibles, afin qu'elle trouvât entrée en ces esprits grossiers, & qu'elle pût y faire toute l'impression que l'on souhaitoit. Il n'est pas necessaire de vous citer ici des exemples, comme les Fables de Tantale, de Sisyphe, des Furies, & tant d'autres qui servoient à reprimer les vices, à exciter dans les hommes l'idée de la vertu, & à les éclairer sur la connoissance dela Divinité. Les Poëtes qui étoient les Theologiens du Paganisme, faisoient par le secours des Fables, passer dans les esprits des sentimens de Religion, envelopant les choses divines, sous des figures & des images qui répondoient à la nature de l'esprit humain, & qui étoient à sa portée. Qui jamais a mieux qu'Homere, sçu mettre cet Art en pratique? Qui jamais a mieux fourni toute l'étenduë de cette noble carriere? Il a sous l'écorce de ce principe, traité les divers usages des peuples, les mœurs & les sentimens des hommes, les loix de la nature, les regles du gouvernement civil, & universellement toutes les causes & tous les ressorts qui font mouvoir l'Univers, faisant joüer à tous les êtres leur rôle particulier dans l'Iliade, qui est le vaste Tableau où il a exprimé avec une si noble varieté de couleurs, tant d'incomparables merveilles.

Oüi, oüi, jusqu'à ce qu'il vienne un Poëte, qui sçache répandre sur toutes les absurditez que vos Critiques découvrent dans Homere, ce charme divin qui l'a sauvé des injures du tems, & des attaques des Zoïles, vous nous permettrez, s'il vous plaît, de nous moins ennuyer avec lui qu'avec M. de la Motte, & de ne lui pas préferer encore ce dernier; car je vois bien que c'est là le nœud de la question.

Voila, dit Cotmet, une tres-belle tirade, mais qui n'empêchera pas qu'Homere ne perde le credit qu'il avoit eu jusqu'aujourd'hui. Ce ne sont là que des paroles qu'on ne sçauroit mettre en parallele avec un des moindres sillogismes de M. Terrasson. Je le vois bien, interrompit Cliton, le pauvre Homere n'est plus à la mode, il est tombé sans ressource, c'est une chose faite, le monde est demeuré d'accord du mépris qu'on doit avoir pour lui, le charme de la prévention est rompu, deux ou trois Philosophes ont fait ce miracle, sans s'apercevoir qu'ils suivent eux-mêmes ce superbe préjugé, que ce qui est le plus ancien est toujours le plus imparfait: [a] *L'esprit d'examen & de discussion*, disent-ils, *c'est le creuset des Auteurs & de leurs Ouvrages. C'est à ce nouveau*

a *Preface de M. Terrasson pag. 49.*

veau Systeme qu'est venu échoüer Aristote après deux mille ans, & Homere après trois mille, comme Ronsard a échoüé après cinquante ans, Balsac à certains égards après vingt, & quelques-uns de nos Auteurs de leur vivant même. Ne seroit-ce pas déja d'eux dont ils entendroient parler? Car enfin ces Messieurs les Philosophes si sensez, qui s'opposent au torrent de l'admiration universelle, & au jugement de tout ce qu'il y a eu de grands hommes, sont-ils bien seurs de leur fait, & ce raisonnement-ci, n'est-il jamais venu luire à leur esprit? Nous qui soûtenons que tout le monde s'est trompé, ne seroit-ce point nous-mêmes qui nous trompons?

On n'avoit point attendu la nouvelle Philosophie, ajoûta Crantor, pour trouver des défauts dans Homere, tous les siecles ont eu leurs Perraults; & quand M. Terrasson avance [a] que les opinions de Scaliger & de Heinsius n'avoient point eu de suite, il ignore sans doute la fameuse guerre, qui anticipant sur la gloire de la nouvelle Philosophie, s'éleva contre Homere en Italie, il y a environ cent ans, & qui y réveilla parmi les Sçavans, l'image des factions des Guelphes & des Gibelins. M. Terrasson auroit pû fortifier son parti de l'autorité du Tassoni, qui

a *Pref. de M. Terrasson, pag. 45.*

parut à la tête des Contre-Homeristes. Je leur envie cet habile homme, & je suis fâché qu'il ait donné dans un pareil travers. Que produisirent tous leurs efforts ? Ce que produiront les vôtres. Les nuages les plus obscurs ne servent qu'à faire éclater davantage les rayons du Soleil.

C'est faire bien peu d'honneur à son siecle [a], dit Gliceron, & être bien ennemi de sa Patrie, que de mépriser de la sorte ses propres Compatriotes, qui s'éforcent de la faire fleurir : car enfin, on ne sçauroit disconvenir du juste discernement de notre Nation. [b] *Il n'est peut-être point aujourd'hui de peuple chez qui l'erreur tienne moins long-tems, que chez les François, & qui se desabuse plûtôt des Ouvrages qui ne sont pas bons.* Que je plains, dit Cliton, ceux de M. de la Motte ! Je ne sçavois pas, poursuivit-il en riant, que M. Despreaux eût été l'ennemi de sa Patrie, pour l'avoir purgée des Cotins & des Perraults de son tems. Prenez garde, dit-il à Crantor, qu'on ne vous traite de perturbateur du repos public & d'ennemi de votre Patrie, pour ne pas respecter assez les la Motte & les Terrassons d'aujourd'hui. Cotinet fut surpris de la vivacité de ce trait, &

a *Pref. de M. Terrasson, pag.* 47.
b *Pref. de M. Terrasson, pag.* 47.

je vis le moment qu'il éclateroit ; mais Gliceron regardant Cliton sans se fâcher, soit par douceur ou par prudence, lui dit seulement : En verité, il y a plaisir de vous entendre, vous maniez l'ironie de bonne grace ; mais c'est pourtant toûjours en vous écartant du fait. Vous sentez la force de nos raisons, & vous voulez les éluder ; mais vous ne pourrez jamais vous tirer de ce dilême : ou Homere est défectueux, ou Madame Dacier a mal traduit. Vous revenez toûjours là, répondit Crantor, Homere n'est point défectueux, & Madame Dacier n'a pas mal traduit. Cela est bientôt dit, repartit Cotinet ; mais il faut le prouver, & nous donner de bonnes raisons. Pour des raisons, reprit Crantor, vous nous dispenserez de vous en donner, Madame Dacier, son Epoux & M. Despreaux ont tout dit, nous vous y renvoyons. Permettez-moi de vous le dire, continua-t-il : Votre dessein en critiquant Homere & les Anciens, n'est pas de vous instruire par la connoissance de leurs défauts ; ce n'est pas là ce que vous cherchez. Pardonnez-moi, dit Cliton, ces M[rs]. sont de meilleure foi qu'on ne pense ; ils critiquent Homere & les Anciens, parce qu'ils les croyent critiquables. Il faut bien que cela soit ainsi, puisque leurs Ouvrages sont diametralement opposez à ceux des Anciens. Car si ceux des Anciens sont bons, que deviennent les leurs : Homere est plein de défauts, ils l'épurent, ils le donnent vû, corrigé & retranché ; ils en forgent un à leur maniere, ils ne sçavent point le Grec, ils l'avoüent : quelle franchise ? Ils n'entendent pas Homere même dans la Traduction, & ils le blâment, cela n'est-il pas juste ? Comment admirer ce qu'on ne connoît pas ? Je viens encore de découvrir dans les Brochures de M. de la Motte, un trait de sincerité & de justice qui me charme. De toutes les fautes & les bévûës dans lesquelles on l'a surpris [a], il daigne en avoüer les deux plus legeres, on n'en attendoit pas moins de son *orgueilleuse* modestie, & Madame Dacier n'est que trop payée de ses veilles, de l'avoir obligé à faire un pareil aveu.

Il avoüe ses défauts, dit Gliceron, de la même maniere que les Adorateurs des Anciens avoüent ceux d'Homere : mais qui ne tombe quelquefois ? Il ne faudroit pas être homme. De bonne foi, vous vous flattez donc de voir plus clair que nous dans cette affaire ? Nous avons les lumieres de la nouvelle Philosophie, & vous n'avez que vos trois mille ans d'admiration : à qui s'en tenir,

a *De la 2. Brochure, pag. 142. & dans la p. 159.*

nir, au préjugé ou à la raison? herissez de Grec, & bouffis de votre érudition, vous argumentez à peu près de la sorte. [a] Si l'Iliade n'étoit pas bonne, nous ne serions pas d'habiles gens; or nous sommes d'habiles gens, donc l'Iliade est bonne. Cela n'est-il pas bien concluant? L'Abbé qui étoit debout derriere moi, & qui s'étoit déja mêlé dans la conversation, prit la parole: J'ai, dit-il, la solution de cet argument, elle est prise d'un de nos vieux Romanciers dont j'ai oublié le nom. Il tira un papier de sa poche, & lut.

a *Argument imité de la 2. Brochure, pag. 107.*

CHAPITRE VI.

Comment fut malmenée Iliades Princesse des Marches Gregeoises, au Chastel de la Royne nommée Geometrie.

UN jour Dame Iliades, issuë de la Fée Poësie & du moult renommé Harpeur & Enchanteur Homerus, se proumenant par le monde, parvint au Pays de Lutece, & fut hebergée par Dame Geometrie, Souveraine des nombres

nombres & des lignes, Fille de Haulte & Puissante Dame la Royne Quintessence nommée Entelechie au chef aigu, à la face enfumée, & si harniere, que pour nulles riens ne soy déridoit aux Proupous alambiquez & melancoliques, affublée de chaperon gras & de robe noire, & toûjours montée sur longues barbes herissonnées en guise de palefroy. Sa geniture Geometrie n'éstoit si rebarbative, ains compassée en tous ses accoustremens : portoit collet bien empezé, & taille plus droite qu'échalas, mesuroit saults de paces, calculoit le tout par le menu : se disoit miroir de toute prud'hommie, & arcenal de toutes connoissances scientifiques.

Dame Iliades bien adressée de tous ses membres, ayant receu guerdon d'immortalité en faveur de son divin lignaige, estoit d'un moult beau viaire, où s'estoit toujours conservée fleur premiere de jeunesse, ayant teint plus blanc que lait, & plus frais que le joly mois de May : gorgiasement accoustrée de nobles vestemens de drap d'or passementez d'Episodes & Allegories, & artistement tissus & delinéez de Sentences, Similitudes, Images & figures bissines de toutes couleurs, si avenante, & de si plaisant & emmiellé devis, que c'étoit deduit à écouter. Ores discouroit-elle des haults faits d'armes & perilleuses avantures finées entre Chevaliers Gregeois & Troyens ; comment par le preux & discourtois Achilles fut mis en desarroy & occis le feal

& desastreux Hectores. Ores divisoit-elle de leurs Tournois, Behours & autres esbanoyemens, conniquant en toute achoison, assemblées, colloques, querelles, combats, ainsi que banquets, ris & amours des Dieux. Comment Mars le Guerroyeur fut délivré de hydeuse Chartre ou par les Epirstes il avoit été longuement detenu : comment Juno la hutaine par art de Féerie empreinte en ceinture de Venus, parvint à tromper Jupin le tonnant, & induire iceluy à soy sollacier, & dormir sur l'herbe tendre & menuë, avec icelle Dame Juno son Epouse. Et autres Fables, gentils Contes & melodieuses Chansons, appointant merveilleusement, instrument de structure admirable, qu'à l'oüir Harpeurs, Jongleurs, Menestriers & tous grands Clercs esbahis & rejoüis demouroyent. Iliades de sonner Chansons, & gens de trepudier; Iliades de dégoiser doux Carmes, & gens de s'extasier. Ce que veyant la Royne Geometrie, eut paour que par tels enchantements Iliades n'ensorcelast tous ceux de Lutece, & ne luy tollist ses plus feaux Chevaliers, & à sa bienhonnorée Mere la Royne Quintessence, ses Demoiselles, les mineures, majeures & consequences, avec ses Ecuyers les antecedents & subsequents, voire ses Varlets les Ergo, & ses hommes-liges, les Sophismes.

Or cachant son mal talent & felonie sous signifiance de bonne volonté, ez presence de toute sa Court : luy dit : Dame belle, certes moult estes à priser pour votre esprit rempli de merveilles disciplines & clarté d'engin. Mais par contre estes trop gorgiase & bombanciere en vos faits, & par trop mentez par la gorge : tant aultres inepties & vices en vous se sont apertement manifestez, que ay suspicion que ne soyiez de race Sarrazinoise : des Dieux ne parlez condignement, & les paludez que c'est passetemps. Besoin est qu'apportiez en vous amendement, car ne puis souffrir davantaige telle vergogne & vilenie.

Dame Iliades commença à rire, & lui repart : Ma douce Amie, n'estes pas la premiere qui par tels prounpous Zoïliques m'ayiez admonestée, voire vilipendée. Jadis fiers Geants & Pontonniers Negromants, ont voulu par Barrat, brocards & malefices, me tollir mes renom & honneur. Neant, ils n'ont fait que de l'eau claire, ainsi fairez. Quant aux fautes & taches que remarquez, ce sont lustres à mes beautez. Prêchez, sillogisez ; de tous vos dits ne me chaud mie, ils passeront, en a tant passé d'autres ; & je demoureray, ainsi que j'ay esté, de tous saiges & preud'hommes honnorée.

Bien, bien, dit la Royne Geometrie, si ne le voulez amiablement, de force vous amanderons. Il est bruit dans le monde que [a] *Paladine armée de toutes pieces va redressant vos torts,*

[a] Madame Dacier.

& que combattant à toute outrance, voudra rompre lance encontre moy : Je renie Mahom, je la ruëray jus des arçons, & incontinent commanda aux siens Serviteurs de spolier Iliades, la honnir, la navrer en tous ses membres, & la revestir d'habillements mesquins. La pauvrette se lamentoit grandement.

La Dame Paladine avec un sien Ecuyer[a] *accouroit lui apporter secours, quand Apollo rouge & flambant d'ire, vola droit vers Geometrie, & la gourmanda ainsi. Quelle outrecuidance à toy de navrer & affoler si durement Iliades ma bien aimée ? Par mon Trepier Tymbrean, je t'atourneray si bien de tes lignes & nombres, qu'onques mais n'en issiras. Apprend qu'encontre goust & sentiment qu'ay inflüé ez cœurs humains, pour beautez pareilles à la mienne Princesse Iliades, ne toy ne ta mere n'y pouvez comme riens. Les truhans Ribaulds qui hors des metes de raison t'ont aydée en telle besogne, ce qui doit les honnir, seront transferez en l'Isle d'Anticire, & ceux de Lutece pour n'avoir crié haro, & couru sus, n'auront de cent ans vrais Jongleurs ne gentils Menestriers : & ce qui fut dit, fut fait.*

M. de la Motte parut alors tenant à la main une Fable de sa façon, dont il devoit

a *M. Boivin le jeune.*

voit regaler l'Assemblée. Son aimable presence remplit de joïe toute la Grotte & y excita un doux murmure qui fut troublé par un grand bruit qui s'éleva tout à coup: plusieurs personnes étant entrées dans le Café sur la fin de notre dispute, buvoient & s'entretenoient ensemble. Deux bredoüilleurs entr'autres, qui ne demeurerent pas long-tems sans parler de leurs Ouvrages. L'un soûtenoit qu'après Racine & Corneille, ses Tragedies étoient ce que le Theâtre François avoit de meilleur; & l'autre prétendoit que ses Opera ne devoient rien à ceux de Quinaut, & que ses Odes étoient pleines de ce feu divin & de cet entousiasme qu'on ne trouve que dans Pindare. Leur conversation s'étant échaufée, ils en étoient venus aux injures. Nous entendîmes retentir un certain Vers de Regnier.

Vous êtes un Pedant, animal domestique.

Soudain le Tragique offensé,
Du mot de Pedant prononcé;
D'un air méprisant & cinique,
Traite son Rival d'insolent,
Des yeux, des mains, il le menace;
Et sans songer que dans sa tasse
On a mis du Café boüillant,
De sa manche, en gesticulant,
Le bout venant à la traverse,
Sur ses chausses la lui renverse:
Dieu sçait jusqu'où la liqueur perce!
Le pauvre Haire se brûlant,

Sur

Sur son banc bondit en hurlant ;
Et furieux, hors de lui-même,
Il heurte dans son trouble extrême :
Le Garçon qui tient à la main
La Cafetiere à moitié pleine,
Qui la jette sur la bedaine
De son infortuné Voisin :
Aux atteintes du feu liquide,
Celui-ci jurant de douleur,
Ne consulte dans son malheur
Que la colere qui le guide :
Il s'élance sur P....
Entre deux on se ruë en vain,
Il lui fait voler sa Perruque,
Au grand scandale du Café :
Je crus en lui voyant la nuque,
De voir Chapelain décoiffé.

www.ingramcontent.com/pod-product-compliance
Ingram Content Group UK Ltd.
Pitfield, Milton Keynes, MK11 3LW, UK
UKHW031901260826
14628UKWH00002B/921

9 782014 448580